Contenido

Capítulo 1 - La Salida

Sobre las rústicas maderas apenas soportadas por los temblorosos piñones malgastados en sus cimas por la arena, la sal, el viento y el tiempo, el esbelto marinero examina la fragata anclada a la entrada de la bahía. La canasta del carajo casi no se mueve. Con todas sus velas amarradas a sus vergas, parece estar dormido meneándose suavemente al vaivén de las olas con el verde oscuro de su casco contrastando con el azul marino del mar en tanto los mástiles, las vergas y las líneas interrumpen el claro azul del cielo.

Bajo su gorra se entrevén medio grises cabellos revueltos que vuelan en la brisa; gruesas pestañas oscurecen su frente y bajo sus ojos negros, una barba de días, cubre sus mejillas dejando su rostro marcado por el negro gris de su marcada edad. Después de muchos años en el mar, piensa que este podría ser su último viaje de largo alcance. Quizás haber cruzado el Puente de los Deseos le va a dar buena suerte. La va a necesitar.

Desde ahí, como a setenta kilómetros al norte de Valparaíso, en la Caleta Horcón, en el viaje de regreso a Puerto Rico, tendrá que navegar más de tres mil kilómetros hacia el sur, luego atravesar el Estrecho de Magallanes o el Pasaje de Drake, conocido también como el Mar de Hoces. El Pasaje de Drake es el lugar donde los océanos Pacífico y Atlántico se encuentran. Las aguas del Atlántico son más azules. Las del Pacífico son más claras. Se nota la separación de los dos océanos en la línea demarcadora que se crea por la diferencia en el color de las aguas que extrañamente no se mezclan. Cuando hay mar torbellino allí, que es común que lo haya, ningún marinero quiere tratar de cruzar esas aguas. El pasaje se encuentra entre el extremo sur de la Patagonia y las Islas Sur-Shetland de la Antártica. La alternativa, el Estrecho de Magallanes, es una ruta más corta pero muy estrecha en algunos lados, particularmente en las cercanías de la Isla Carlos III, que está plantada justo en el medio del estrecho y entre las Puntas Delgada y Espora. Para ir más seguros, quizás habría que usar el motor como propulsión en el Estrecho de Magallanes, donde normalmente viajan varios barcos y gastar dinero en diésel.

"Ir al sur desde Valparaíso, doblar al este en la Patagonia y subir Noreste hasta poder virar Noroeste alrededor de la costa de Colombia para llegar a Ponce, ¡Absurdo! - Piensa el capitán Cataño. Rumbo al Norte y a través del canal de Panamá es menos de la mitad de la jornada, pero no cobran pasaje por la vía más larga y el viento ni se cobra ni se gasta. Un poco más de comida y tiempo y ya, pero el peligro..."

Por milésima vez se preguntaba si vale la pena aceptar el regalo de una fragata hecho hace más de cien años. Podrá valer de quinientos mil a un millón de dólares si encontrara un comprador, pero, ¿qué va a hacer con él cuando llegue?, ¿cómo dejarlo ir al cementerio después de estar en él estos últimos quince años? Está en perfecto estado, él se ha asegurado de esto a través de los años. Y ahora, con una tripulación esqueleto, ¿hacer este duro viaje?, ¿cuatro personas para controlar este enorme barco de sesenta y seis metros?, ¿qué loco decidió esto? Pero Luis es un gran marinero, sabía su oficio, Manuel no se le queda atrás. De Sandro no está seguro, pero cocina, está dispuesto a trabajar y canta bien, ya es algo, además, La Esperanza tiene adelantos que hacen relativamente fácil su manejo: aparte del gran motor diésel, tiene turbina de aire generadora de corriente y galera comercial; tiene sistemas direccionales de GPS, de sonar y de radar, de administración de las velas, de los sistemas de comunicaciones incluyendo el internet por satélite y radio marítimo, de desalinización de agua y, finalmente, calefacción y aire acondicionado. Lo automático requiere menos manos. De esta forma trata de convencerse cuando una voz lo interrumpe:

- ¡Capitán! - dice Luis desde el bote - ¿Nos vamos?

Antonio examina la camisa blanca, los pantalones oscuros, las manos bruscas y el rostro serrado por el sol hasta llegar a unos ojos verde amarillo, sobre una larga barba negra y entiende que finalmente es hora de acción.

- ¡Vamos pues! - dice bajando al borde del esquife y luego al fondo del bote para sentarse. ¡Dame un remo!, aunque capitán, voy a tener que ser marinero también en este viaje.

Así, sentados uno al lado del otro, comienzan a remar hacia la fragata. Luego será al mar abierto a una gran aventura.

Capítulo 2 - La Encontrada

Varios días navegando al sur sin novedad llevan a la fragata La Esperanza, a cien millas al oeste de la pequeña Isla Guafo. Mucho más grande es su vecina Isla Chiloé, a su noreste, donde está el Puerto Quellón, una estación terminal de la Carretera Panamericana, y también está cerca el mejor conocido Puerto Montt, hecho famoso por la canción popular del mismo nombre.

Puerto Montt se halla al final norte del brazo de mar creado por la Isla Chiloé, que sigue la costa continental de Chile de norte a sur, y la costa continental de Chile. Una serie de archipiélagos de miles de islas e islotes procede al sur de la Isla Chiloé abrazando la costa hasta llegar al fin del continente. Aunque estos lugares son famosos por su belleza y sus atracciones turísticas, La Esperanza no va en plan de vacaciones. Un poco más al este de La Esperanza, un bote de motor de ocho metros va tan rápido como le permiten su peso y sus dos motores de ciento cincuenta caballos de fuerza cada uno. Las direcciones de navegación de ambos navíos los llevarán a un encuentro, pero ni las cuatro mujeres en el barco de motor La Estrella ni los cuatro hombres en la fragata La Esperanza, esperaban aquel suceso.

En la sala de control, Manuel ve a La Estrella dirigida directamente a La Esperanza y levanta la alarma al capitán.

- Capitán, mire a babor. Viene volando un bote de motor hacia nosotros.

La Esperanza

Antonio dirige los binoculares a babor y encuentra en La Estrella cuatro mujeres gesticulando con sus brazos y decide reducir la marcha para esperarlas.

- ¡Tráela al viento, Manuel!, vamos a ver qué quieren.

Encontradas las dos naves y las cuatro mujeres subidas a La Esperanza, se reúnen con el capitán en su camarote.

- Yo soy Lili, ella es Merci, ella es Linda y ella es Mili.

Lili es una mujer de cabellos y ojos negros, Merci tiene cabellos y ojos castaños, Linda es una rubia de ojos azules, y Mili es una pelirroja de ojos verdes. Todas son de facciones delicadas, pieles claras, de estatura mediana y cuerpos que parecen de modelos.

"¿Qué diablos hacen aquí estos maniquís de vitrina?," piensa Antonio.

- Le rogamos capitán que nos permita continuar con usted - suplicó Lili -, gracias a la distracción de un terremoto en Puerto Quellón, pudimos escaparnos de una banda de traficantes de personas. Somos de Maracaibo. Como sabe, la situación en Venezuela es crítica. Contestamos a un anuncio que pedía mujeres jóvenes conocedoras de navegación para enseñar a turistas el arte de pilotear botes de velas saliendo de Puerto Montt, y después de enviarles fotos, nos eligieron. Cuando llegamos nos dimos cuenta del engaño y tuvimos la suerte de poder escapar llevando una gran cantidad de dinero en dólares que encontramos en la casa a donde nos llevaron. También pudimos encontrar y traernos una computadora portátil donde está nuestra información y unos folletos donde están nuestras fotos y cartas. Esperamos que no hayamos dejado atrás información sobre nosotras. Ahora, pensamos que nos están buscando a nosotras, al bote, y al dinero. Por eso, queremos deshacernos del bote y seguir con usted. Tenemos pasaportes, estamos calificadas para trabajar de marineras para usted, y podemos pagar por nuestros gastos. Por favor, ayúdenos.

"Cuatro bocas más para alimentar, criminales buscándolas, y ya no podemos llegar a puerto sin correr el riesgo de que las encuentren y paguemos por ayudarlas," piensa Antonio.

- ¡Capitán!, ¿seguro que no las podemos dejar aquí? - dijo Sandro desde el arco de la puerta.

- Déjenme ver sus manos -, les pide Antonio a las mujeres. Las mujeres acceden y Antonio puede ver que, aunque cuidadas, las manos muestran firmeza. Son manos que han visto trabajo.

- Sandro, prepara algo de comer para nuestros huéspedes, llévalas a la sala principal, y pídele a Luis que venga aquí. Señoritas - prosiguió el capitán -, estamos en una situación delicada. Voy a discutir esto con mi primer oficial y les dejaré saber mi decisión en unos minutos. Mientras tanto, pónganse cómodas y descansen.

- ¿Cuánto tiempo podemos estar alimentando ocho personas sin tener que buscar suministros? – preguntó el capitán a Luis luego de contarle lo acontecido.

Luis examina el escritorio del capitán, la caoba rojiza, los adornos en las orillas, las patas arqueadas al estilo Reina Ana, y regresa la mirada a Antonio.

- Capitán, usted sabe que compramos comida para cuatro en un viaje de tres meses. A mitad de viaje, nos quedamos con casi nada de comer si tenemos cuatro bocas más que alimentar, pero, ¿qué otra opción hay?

- Bien. Asígnales camarotes a las mujeres, determina los conocimientos de cada una, y dales las tareas correspondientes para integrarlas en nuestro plan de trabajo. Utilizando a Sandro y a las mujeres, sube a bordo las propiedades que tienen las mujeres en La Estrella y cualquier otra cosa que podemos utilizar que no se pueda identificar como procedente de La Estrella, hazle un roto en el casco y húndela. Asegúrate que no queden huellas dactilares en La Estrella. Prepara un plan de pesca diario. Dile a Manuel y a Sandro que no persigan a las mujeres, y eso va para ti también. No necesitamos más complicaciones. Finalmente, dirige La Esperanza al sur, ¿alguna pregunta?

- ¡Entiendo! - dijo Luis dirigiéndose a cumplir los pedidos.

- ¡Espera!, prepara una lista de las armas a bordo, prepara un plan de vigilancia de veinticuatro horas, y ponlo en acción.

- Bien, ¿algo más?

- No por ahora. Nos reunimos mañana para ver cómo van las cosas.

Al rato, La Esperanza con viento en popa se dirige nuevamente rumbo al sur en un atardecer de verano en diciembre donde la temperatura es de un agradable sesenta y tres grados Fahrenheit. Sobre cubierta, en la sala de control, Antonio está de guardia. Con un suéter azul claro de cuello de tortuga, un abrigo azul marino, y su vieja gorra de capitán, Antonio está en su apogeo. Una suave brisa pasa por una portilla entreabierta. El débil quejido de una guitarra y el murmullo de una voz cantando Puerto Montt se perciben quedamente. Hacia estribor, el universo pinta una escena de nubes rojizas y anaranjadas con un sol poniente acercándose al horizonte sobre un sereno mar de azul intenso, y el ruido de la quilla abriendo mar interrumpe la paz que presagia una tranquila y hermosa noche.

Capítulo 3 - La Reacción De Los Criminales

- ¡Héctor! - Juan Lebrón llama a su principal ayudante.

- Sí, señor.

- Ve a ver que está aguantando a esos pendejos en la casa azul y me dejas saber enseguida.

Cuando Héctor llega a la casa azul, encuentra a cuatro hombres amarrados en la sala con los labios sellados con cinta adhesiva gris sobre una alfombra gastada color marrón.

- ¿Qué pasó aquí? - pregunta Héctor mientras suelta a Mecano.

- Esas cuatro mujeres me cogieron desprevenido, me quitaron la pistola, nos ataron, estuvieron rebuscando por ahí un buen rato, entrando y saliendo por la puerta de atrás, y después se fueron.

Samuel se mueve en el suelo haciendo ruidos tratando de hablar. Héctor le quita la cinta adhesiva.

- Yo oí que alguien prendió la lancha y la lancha se alejó - dijo Samuel.

- ¿Hace cuánto tiempo?

- No sé - dice Samuel -, al menos un par de horas.

- ¡Coño! Voy a llamar a Juan.

- Juan, aquí esto es un lío. Los encontré amarrados. Cuatro mujeres lo hicieron. Todavía no sé lo que se llevaron, pero podrían haberse ido en la lancha. Cuando quieras empiezo a averiguar detalles, ¿qué quieres que haga?

- ¡Que mates esos cabrones que no sirven para nada!... No, espera. Quiero detalles. Se supone que una persona iba a dejarme un dinero con ellos. Quiero saber lo que pasó con eso, si se llevaron la lancha, y que más se llevaron. Quiero una descripción detallada de esas brujas y sus datos, como las direcciones de sus casas, teléfonos, fotos, y cualquier otro detalle que nos facilite encontrarlas. Me llamas cuando lo tengas todo, ¡avanza!

En búsqueda de detalles, no encuentran nada. Un paquete llegó, pero ahora no está. La lancha no está. La laptop que tenía la información de todas las mujeres traídas a la casa, no está. Los folios de las mujeres no están. Y, desde luego, las mujeres no están. Héctor le da el informe a Juan y este responde con voz serena:

- Mátalos. Me han hecho perder casi quinientos mil dólares y, si esa laptop llega a caer en manos de las autoridades, tendremos serios problemas.

- Como usted diga Don Juan, pero, ¿cómo encontramos a esas mujeres sin saber ni sus datos ni su dirección?, ¿alguno de estos hombres no podría reconocerlas?

- Sí. Averigua quién y mata a los otros.

- Chicos, esto está del carajo. Tenemos que encontrar esas mujeres, ¿alguno de ustedes las vio bien y puede acordarse de su apariencia como para reconocerlas?

- Bueno... yo - dice Mecano.

- ¿Ustedes no? - pregunta Héctor.

Se miran unos a los otros.

- No - dice Samuel.

Los otros menean sus cabezas significando no.

- ¡Suéltennos!

- Al rato - dice Héctor.

Se montan todos en la Suburban negra de Héctor. Al cabo de unas horas, sacan a los amarrados en un lugar desolado y Héctor les dice que se arrodillen y hagan su última oración si saben hacerlo. Sobre una maleza se arrodillan y Héctor va detrás de cada uno y le dispara con una pistola de nueve milímetros a la cabeza. Después se le acerca a cada uno y se asegura que está muerto.

- ¡Carajo! - dice Mecano -, ¿por qué hiciste eso?, no hicieron nada malo.

- Cállate si no quieres que te pase lo mismo. Piensa a ver cómo puedes ayudar a encontrarlas si quieres salvarte.

- Oye - dice Mecano - ¿y esa lancha no que tenía una de esas cosas que permite rastrearlas?

- Yo creo, ¿quién se ocupa de eso?

- ¿No es Sergio? Él se ocupa de todas las cosas electrónicas, ¿no?

- Lo llamo... Sergio, Héctor aquí.

- Hola.

- ¿Mira, la lancha grande tiene un rastreador electrónico?

- Sí, ¿qué pasa?

- Se la robaron. Mira a ver dónde está para ver cómo la recuperamos.

- Dame un momento y te digo... está camino a mar abierto. No... espera, está parada en medio del mar como a cien millas al oeste de la Isla Guafo. Allí no creo que haya nada. Difícil llegar hasta allí.

- Lo más seguro es que la mandaron a mar abierto para despistarnos. Gracias. Vamos a buscar por otro lado. Después mando a alguien en un bote a buscarla. ¿Cuánto tiempo dura la señal?

- De ocho a diez días sin fuente de energía.

Héctor llama a Juan y le cuenta lo acontecido.

- Héctor, prepara una descripción de esas mujeres y manda gente a todos los sitios donde pueden coger transportación para salir de la ciudad y también a alquilar de carros. Ofrece recompensa de mil dólares, alguien hablará. Manda también a alguien a recoger la lancha que coordine con Sergio. ¿Saliste de aquellos?

- Sí señor.

- Bien, ¡córrele!

Pero no encuentran ni a las mujeres ni a la lancha.

- Héctor, no sé cómo han podido salir del área, pero pon una recompensa en la ciudad y en otras ciudades por información respecto a la lancha y a las mujeres. Vamos a ver qué resulta, ¡madre!

Capítulo 4 - La Tripulación

Luis toca la puerta del camarote del capitán.

- Adelante - dice Antonio.

- ¿Tiene tiempo para escuchar mi reporte?

- Seguro. Dime.

- Les di a las mujeres los camarotes del uno al cuatro porque tenían una gran cantidad de maletas. No se podían acomodar dos por camarote con tantas maletas. Encontré varias armas de fuego en La Estrella. Como sabe, tienen número de serie. Quizás deberíamos tirarlas al mar. Aquí solo Sandro tiene dos pistolas. Traje a bordo un GPS marino y un sonar. También traje dos tanques de gasolina y los dos motores de ciento cincuenta caballos. Los motores también podrían tener números de serie. Después de limpiar las superficies de La Estrella, le hicimos rotos y la hundimos. Respecto a las mujeres, sugiero que nos reunamos para que se entere de sus bocas quiénes son.

- Buen trabajo, Luis. Mientras tengamos camarotes de más, déjalas en camarotes individuales, pero déjales saber que el arreglo puede ser temporero. Quizás los camarotes adicionales los necesitan solo para poner sus maletas y quieran dormir dos por camarote. Que ellas decidan. De las armas de fuego, encuentra quién sabe usarlas y que se entrenen los que no saben. Tenemos que estar listos para echarlas al mar en cualquier momento, no sé de los motores. ¿Qué pasa con las mujeres?

- Es complicado. Mejor lo escucha de ellas.

- Muy bien, llama a todos a la sala de control.

- Bien.

La Sala de Control es un ámbito de cuatro por cinco metros donde se encuentran la mesa de trabajo, el radar, el sonar, los controles direccionales manuales, el control direccional automático-GPS, los controles automáticos de las velas, el control del motor diésel, los sistemas de comunicaciones; los monitores de la turbina de viento que genera electricidad, del aire acondicionado-calefacción, del generador de corriente solar, del estado de carga de las baterías, y las cámaras para monitorear visualmente las distintas áreas del barco. La función del oficial de guardia consiste en monitorear los sistemas para reaccionar cuando alguna situación imprevista surge respecto a los sistemas del barco, el barco, o el personal del barco. Un sistema de alarmas visuales y sonoras le ayuda a reconocer estas situaciones, pero esto no quita que el oficial de guardia deba estar atento a estos sistemas y a los alrededores del barco. El oficial puede comunicarse con el resto de la tripulación a través de radios de mano.

Reunidos en la sala de control, Antonio toma la palabra diciendo:

- Los hemos reunido aquí para llegar a conocernos mejor y ver cómo podemos disfrutar del trabajar juntos. Les voy a decir algo sobre este barco y luego ustedes me podrán decir algo de ustedes. Manuel, Luis y yo hemos trabajado en este barco por varios años. Luis y yo conocimos a su dueño una noche de bohemia en Valparaíso. Don Gacho, que en paz descanse, era un soltero empedernido; fiestero muy galano y amistoso. Lo queríamos mucho, y pasamos muchos ratos alegres con él. Usábamos este velero para llevar a turistas en diferentes viajes desde Valparaíso. Cuando murió Don Gacho, me dejó este velero y un dinero en su testamento. Ahora, realmente no hemos concretado nada todavía; estamos pensando qué hacer. Vamos en dirección a Ponce, Puerto Rico, donde esperamos quizás establecer un negocio de viajes de turismo. Les he ofrecido a Luis, Manuel, y Sandro participación en este negocio a cambio de su trabajo. Y ahora, les pido que cada persona nos diga algo de sí misma. Lili, ¿puede empezar?

- Mi nombre es Lourdes Delgado. Me pueden llamar Lili. Me han pedido mis amigas que les diga lo que es común entre nosotras para evitar repeticiones. Somos solteras. No nos hemos casado nunca. Nacimos en Maracaibo. Nosotras somos amigas desde la niñez. Nos criamos juntas. Fuimos a la misma escuela, vamos al gimnasio, a yoga, y a clases de defensa personal propia juntas, y tenemos un interés similar por el mar. De niñas pensamos que sería bueno saber hablar inglés, nos dedicamos y lo logramos. Después terminamos nuestros estudios en la Universidad de Miami - dice Lili con sus negros y brillantes cabellos cayendo descuidadamente y amarrados en su espalda.

- ¡No cuentes! - interrumpe Sandro - ¡Yo también!

- No interrumpas, Sandro - dice Antonio -, todos tendremos turno de hablar y no hablaremos hasta que llegue nuestro turno, ¿entendido? Por favor, continúe Lili.

- Básicamente, si hay algo que hacer, la mayor parte del tiempo, lo hacemos juntas. En nuestros momentos de ocio, nos gusta disfrutar aventuras en el mar. Eso es lo que nos trajo a Chile. Unas vacaciones con actividades en el mar. Nos enteramos de la belleza de esta parte de la tierra y vinimos a verla con nuestros propios ojos. Porque la economía en Venezuela está por los suelos, nos pareció bonito hacerlo sin gastar dinero con una oportunidad de enseñar a personas a navegar en veleros. Después del contratiempo del que ya saben, aquí nos tienen. Bueno, de mí puedo decir que queriendo ejercer una profesión que me diera la oportunidad de estar cerca del mar, estudié Relaciones Internacionales en mi bachillerato y luego Abogacía Marítima donde completé un doctorado. En el proceso, también completé estudios que me permitieron conseguir la licencia de piloto marítimo. Así que, si me quieren catalogar, soy abogada y piloto.

"¿Abogada? - piensa Antonio - ¡padre!"

- ¿Merci? - dice Antonio.

- Gracias a lo que les dijo Lili, solo me queda por decirles, algunos detalles personales. Me llamo Mercedes González. Me pueden llamar Merci.

Aunque estudiamos en la misma Universidad, yo estudié Biología para mi bachillerato, tengo una maestría en Biología Marítima, y estudié Medicina con Concentración en Enfermedades Tropicales. Soy doctora en medicina y bióloga marina - dice Merci, la de los ojos brillantes y de los labios llenos y sensuales, levantándose un poco tentativa.

"¿Doctora? - piensa Antonio – no puede ser."

- ¿Mili? - dice Antonio un poco confundido.

- Hola. Mi nombre es Milagros Centrales. Me pueden llamar Mili. Completé un Doctorado en Ingeniería Mecánica y conseguí la licencia de ingeniera profesional – dice Mili en tono casual, con su cabeza en fuego y sus ojos de mar muy primorosos.

"¿Ingeniera Profesional? - piensa Antonio – ¡ay, ay, ay!"

- ¿Linda? - dice Antonio.

- Hola. Mi nombre es Linda de la Gloria. Me pueden llamar Linda. ¡Ja, ja! Completé un Doctorado en Arte Culinario. Soy chef – dice Linda coquetamente elevando sus caderas del nivel de sus pies al levantarse en un movimiento sensual, dejando temblar brevemente su pecho.

"Madre - piensa Antonio. - Cuatro mujeres con doctorados en un mismo barco. ¿Dónde se ha visto eso? ¡Increíble!"

- Bueno, Sandro, que te estás partiendo los labios por no hablar. Te toca – dijo firmemente Antonio.

Se levanta Sandro, mira cuidadosamente a las mujeres con sus ojos negros, mueve sus largos cabellos negros detrás de sus orejas para decir sonriendo:

- Mi nombre es Sandro Vergara. Soy ciudadano estadounidense. Nací en Santiago de Cuba, pero mis padres me trajeron a Miami desde muy pequeño. Allí crecí y estudié. Bueno, yo no completé doctorado, solo completé un bachillerato en Ingeniería Electrónica en la Universidad de Miami. ¡Qué pena que no las conocí allí! De todos modos, estudié porque mis padres me obligaron. En realidad, me gusta la música, me gusta cantar y escuchar a otros cantar. Aquí trabajo de cocinero, porque en Valparaíso me enteré que este barco iba a Puerto Rico, quería ir, y encontré que solo la posición de cocinero estaba disponible. La culinaria ha sido un gran interés para mí, pero desde luego, estoy muy lejos de ser chef. Me gusta el karaoke y por eso traje un sistema de sonido y de karaoke al barco. Así que tan pronto lo autorice el capitán, vamos a tener fiesta de karaoke, ¿qué dicen?

"¿Ingeniero?, ¿karaoke?, ¿qué estará pasando aquí?, ¿a dónde vamos a parar?" - nuevamente piensa Antonio y dice:

- Manuel, es tu turno, ¿qué nos dices?

- No sé cómo puedo sentirme fuera de lugar en la embarcación que ha sido mi casa estos últimos doce años, ¡cinco universitarios! Me llamo Manuel Caraballo. Yo no fui a la universidad. Apenas completé la escuela secundaria. Mis padres son de Mocambo, allí en Veracruz. Nací en San Juan, Puerto Rico, durante una visita que mis padres tuvieron a la isla. Sospecho que mis padres lo planearon así, aunque ellos me lo niegan. Tengo pasaportes mexicano y estadounidense. Crecí en Mocambo a la orilla del mar pescando, bañándome en la playa, remando botes, llevando a turistas a pescar y halándolos con bote de motor cuando querían esquiar, esa era y es mi vida: el mar. De paso, a mí también me gusta cantar. Me añado a la lista del karaoke. Soy marinero.

- ¿Luis? - dice Antonio.

- Me llamo Luis Ortiz. Soy de Juana Díaz, Puerto Rico. Hace más de veinte años que estoy siguiendo al capitán en diferentes trabajos desde que nos conocimos en la marina mercante. Los últimos quince años he estado trabajando en este barco de Primer Oficial. Solo canto en la regadera. Soy marinero.

- Finalmente quedo yo - dice Antonio empujando su gorra hacia atrás para luego halarla hacia adelante. Mi nombre es Antonio Cataño. Nací en Ponce, Puerto Rico, cerca de Juana Díaz donde nació Luis. Me gradué de la Escuela Superior y después completé un curso de pilotear naves. Tengo licencia para pilotear barcos. Me maravillo ante el nivel de educación que hay en esta sala.

Creo que puedo hablar por Manuel y Luis cuando les digo que le tenemos un gran respeto a la educación. Como marineros, tenemos mucho tiempo libre a bordo y lo hemos usado para educarnos. Hemos podido hacerlo leyendo muchos libros de muchos temas diferentes. Luis y Manuel me sorprenden regularmente con sus conocimientos de geografía, de literatura, y de historia latinoamericana.

Lo que no me sorprende, pero me agrada, es que ambos son extremadamente inteligentes; tengo gran respeto para ambos. A bordo de este velero, todos vamos a tener responsabilidades marineras. Voy a tomar en cuenta sus habilidades para que les podamos sacar provecho. Quiero que sepan que voy a consultar con ustedes en la mayor parte de los casos. No soy autócrata y creo que consultar con personas bien informadas es lo más inteligente. Espero que puedan aconsejarme sin que se los pida. Si ven algo que necesito saber, me lo dicen. Yo siempre estoy dispuesto a escucharlos. En casos de emergencias, espero que entiendan que hay limitaciones respecto a esto y que, como capitán, tengo la obligación de decir la última palabra. Luis, por favor, toma nota de todo.

Desde este momento, Lili, eres Segundo Oficial. Quiero poder consultar contigo y con Luis las rutas que vamos a tomar, y contigo asuntos legales que nos puedan afectar. Merci, estás a cargo de la medicina. Trabaja con Luis para hacer inventario de los recursos que hay en el velero. Si es posible, puedes crear una enfermería. Si quieres trabajar cuando tengas tiempo libre, aquí veo que todos están muy saludables, se lo informas a Lili. Linda, estás a cargo de la cocina. Trabaja con Sandro para hacer inventario de los comestibles y determinar lo que necesitamos comprar para completar nuestro viaje. Si necesitas ayuda, puedes pedírsela a Sandro para ver si tiene tiempo. Se dice que un barco viaja tan bien como su cocina. Cada marinero y marinera se acerca al fogón y al fogonero, fogonera en este caso. Mili, con la ayuda de Sandro, estarás a cargo del mantenimiento del barco, puedes encontrar información sobre los sistemas eléctricos y mecánicos en la sala de control. Esta es una posición crítica para todos porque dependemos de estos sistemas para controlar el barco y mantener un ecosistema viable para todos. Necesito que examines los motores que sacamos de La Estrella y me recomiendes si los echamos a borda porque los podrían reconocer como viniendo de La Estrella o si podemos quedarnos con ellos.

Necesito que cada uno de ustedes prepare un estimado de los gastos que vamos a tener en este viaje en su área de responsabilidad. Ustedes, señoritas, ofrecieron ayudar con los gastos. Me apena decir que sin esa ayuda no podremos completar este viaje porque mis recursos son bien limitados. Tan pronto tengamos los estimados, nos reuniremos para discutirlos. ¿Alguno de ustedes sabe de armas de fuego?

- ¡Yo, capitán! - dice Sandro.

- Bien, reúnete con Luis luego.

- En cuanto al karaoke, no veo dificultad de hacerlo siempre y cuando no interrumpa nuestras responsabilidades a bordo, ¿alguna pregunta?

- ¿Qué tal si hacemos karaoke aquí esta noche de ocho a doce? - dice Sandro sonriendo.

- ¿Y por qué aquí? - pregunta Antonio.

- Porque Manuel está de guardia y me gustaría escucharlo cantar.

- Bueno, pero solo hasta las once.

- Súper, están todos invitados, canten o no canten - les dice Sandro intensamente dirigiendo su mirada a los ojos azules de Linda.

- Merci - dice Antonio cuando la ve levantando la mano.

- Creo que deberíamos hacer exámenes básicos de salud para cada persona en este barco con las facilidades que hay a bordo, y luego expandir estos exámenes cuando nuestros recursos lo permitan. De esta forma, estaremos practicando medicina preventiva lo que es mucho mejor que ser reaccionarios.

- Usted está a cargo de asuntos médicos - dice Antonio. Lo que usted decida en esa área va. Solo me deja saber lo que va a hacer para que pueda estar al tanto. Comuníquese con Luis cuando esté preparada para coordinar los exámenes, ¿alguna otra pregunta? Bien, vamos a tener una reunión diaria aquí de diez minutos a las ocho de la mañana en la que cada persona tendrá la oportunidad de ofrecer ideas de cómo mejorar cualquier cosa en el barco. Cuando Luis y Lili completen el nuevo plan de trabajo les comunicarán sus responsabilidades diarias. Hasta entonces, seguiremos el plan de trabajo vigente. Gracias por su atención. Pueden retirarse.

Se dispersan todos por varios lugares. Luis y Lili quedan atrás para preparar un plan de trabajo. Al rato Manuel, sentado en una silla de madera de noble roble y lona blanca, con gorra de béisbol, camisa de manga larga y pantalón de algodón grueso, ropa reusada pero coordinada y limpia, de un verde claro, con sus piernas alargadas y su quijada recostada en su pecho, monitorea un par de cañas de pesca en la baranda de popa. Con Luis de guardia, La Esperanza continúa su viaje al sur habiendo navegado más de ciento cincuenta millas náuticas en diez y seis horas aprovechando un mar tranquilo y un viento en popa. Ahora, a cien millas al oeste de Aysén, La Esperanza pasa la altura de la península Taitao del Parque Nacional Laguna San Rafael, bajo un sol brillante que juega al escondite tras un cielo repleto de nubes llenas y blancas con la temperatura a los sesenta y cinco grados Fahrenheit en un mar todavía tranquilo y resplandeciente.

Capítulo 5 - El Karaoke

Sandro llega a la Sala de Control a las siete y media de la mañana, con Luis y Linda, ayudando a cargar el equipo. Conecta la salida de sonido de su laptop a una compacta mezcladora de sonido de doce canales; de allí a un subwoofer de doce pulgadas, de quinientos watts, amplificado; y de allí a un par de bocinas de doce pulgadas, amplificadas, de setecientos watts; conecta los recibidores de dos micrófonos inalámbricos a la mezcladora; y conecta la salida de vídeo HDMI de la computadora a un televisor LED de treinta y dos pulgadas, asegurándose que el vídeo de la computadora está trabajando en el modo de pantalla extendida. Luego de conectar la corriente, enciende el equipo y prueba que todo trabajaba.

Satisfecho, pone a correr el software SIGLOS de karaoke, llevando la pantalla de pistas desde la computadora hasta el televisor y pone a tocar una pista de karaoke. El video y el sonido trabajan. Ahora ajusta la ecualización y el volumen. El lugar es muy pequeño para el poderoso sistema y debe tener cuidado de que el sonido no le rompa los tímpanos a la tripulación. Toma un micrófono y dice:

- Probando, probando, sí... sí...

- ¿Por qué ustedes siempre dicen 'sí, sí' cuando están probando un micrófono? - pregunta Linda.

- Pues la verdad que no sé la razón original que empezó la tradición ni si hay una razón técnica para hacerlo, pero sé cómo deben sonar los micrófonos en las bocinas cuando lo hago, y por eso lo hago. Quizás se trata de oír la cantidad de efecto que tienen los micrófonos, cuánto eco tiene, por ejemplo. Me parece una buena pregunta y lo voy a investigar cuando tenga tiempo. Gracias por preguntar. Parece que ya estamos listos para comenzar, ¿qué tipo de canciones le gustan?, si sé alguna la ponemos para ver cómo trabaja todo.

- ¡Ay! - dice Linda -, a mí me gustan muchos estilos, pero mi cantante favorito, no creo que tengas sus canciones, es Alfredo Sadel.

- Bien, ¿y cuál canción prefiere?

- ¿De veras tienes canciones de él?, pues me gustan todas, pero quisiera oír 'Mi Canción'.

- Sadel era un tenor venezolano de poderosa voz. Vamos a ver si le gusta como yo la canto con mis dos centavos de voz.

Sandro encuentra la pista y empieza a cantar con una fuerte voz barítona que obviamente está cerca de sus límites en la canción.

- *Dime si estoy soñando o estoy despierto, quiero decirte tanto con mi canción...*

Linda escucha con sus ojos fijados en Sandro y mientras Sandro canta, entran Lili, Mili, Merci, y Antonio.

- *Sin unir tu recuerdo a mi canción...*

Linda aplaude efusivamente y los demás se unen al aplauso.

- Muy bien, Sandro, ¡cántame otra!

- ¡Seguro!, pero de aquí a un rato, primero vamos a organizarnos. Bienvenidos todos; sobre la mesa he puesto unos papelitos para que ustedes escriban su nombre, la canción que quieren cantar, y el intérprete de la canción que prefieren. Les he puesto libros de pista para que encuentren canciones. Están en orden alfabético por el primer nombre del intérprete. Voy a crear un orden lógico para hacerlo todo más fácil. Vamos a seguir el orden en que están parados alrededor de la mesa empezando con Manuel a mi izquierda, y continuando con Mili, Merci, Luis, Antonio, Lili, y terminando con Linda. Miren, el karaoke no es para cantantes profesionales, aunque muchos profesionales cantan en karaokes porque les gusta cantar. El karaoke es para todo el mundo. El canto ayuda a relajar la mente y el cuerpo. De esa manera, es una actividad saludable y agradable. No se preocupen por su forma de cantar. Canten a gusto, como si estuvieran en la regadera sin que nadie los esté oyendo. Ya verán qué gusto se van a dar. Y por favor, no critiquen ni se rían de los demás. Aplausos solamente, ¿de acuerdo? Bien, Manuel, el mariachi de Mocambo, ¿qué nos vas a cantar?

- De Javier Solís, ¿tienes 'Échame a mí la Culpa'?

- Sí, seguro.

La encuentra y la empieza.

- *Sabes... mejor que nadie... que me fallaste...*

Manuel canta con una voz de tenor fuerte y clara que sigue bien los entornos de la hermosa melodía. Toma a todos de sorpresa.

- *Échame... a mí la culpa... de lo... que pasa...*

Todos aplauden efusivos y Sandro dice:

- ¡Maravilloso cantante! ¡Contrátalo! Si me van dando los papelitos ahora, no tendremos que esperar para seguir con la próxima cantante. Mili, pelirroja abrasadora, cántanos una canción. No seas malita.

- Ahorita.

- ¿Y qué me dice la estrella Merci?

- ¡Ay, no cuentes!... Bueno, ¿tendrás de Isabel Pantoja 'Marinero de Luces'?

- ¡Sí, seguro! Increíble esa canción.

Y en unos segundos la empieza.

- *Ese barco velero cargado de sueños cruzó la bahía, me dejó aquella tarde agitando el pañuelo...*

Merci interpreta la canción y parece ser Isabel Pantoja la que canta.

- *Ese barco velero cargado de sueños cruzó la bahía…*

Después de miles de aplausos y una algarabía para Merci, se animan todos a cantar más o menos bien, y pasan unas horas muy alegres. Al final, son amigas y amigos como de años, y a Antonio le cuesta parar la fiesta a las once y cuarenta y cinco.

- Ya acabemos. Los dejé pasar de las once, pero ahora sí que se acabó, ¡a dormir se ha dicho que mañana hay que trabajar!

"Increíble -, piensa Antonio camino a su camarote -, lo bonito que cantan estas mujeres. Manuel también, y Sandro no se queda atrás. Luis y yo necesitamos práctica, pero no asustamos demasiado a nadie. Esta actividad sí que es agradable, pero me imagino que contagiosa. Tengo sueño… ¡qué hermosa la Lili!"

Capítulo 6 - La Pesca

La nublada mañana encuentra a Luis trabajando las cañas de pesca. Camisa y pantalones de lona que en algún tiempo eran azul marino ahora están empalidecidos por el tiempo y las lavadas con alguna que otra mancha persistente cuyo origen ya se ha olvidado. Se rasuró la barba y ahora, por primera vez en años, se le nota claro su serrado rostro, el cual no es desagradable sin barba. En alguna forma denota entereza. Sin gorra, su pelo negro suelto juega en el viento y su figura de cuerpo delgado y firme promete destreza.

De pronto uno de los carretes empieza a volar y Luis se apresura a agarrar la caña, para el carrete, y le da un jalón. En un instante, el carrete de la segunda empieza a volar. Luis pone la primera caña en su tubo de amarre y agarra la segunda, para el carrete, y le da un halón a la caña. Pone la segunda caña en su tubo de amarre y tomando su radio de mano llama al oficial de guardia,

- Oficial, habla Luis, las dos cañas están con pez. Necesito ayuda.

Antonio, que está de guardia, responde:

- ¡Ya te envío a alguien! ¡Lili!, ¿quién puede ayudar a Luis en la popa ahora?, ¡los peces están picando!

- ¡Ahora voy para allá! - responde.

Luis toma la caña de su derecha y la corre a lo largo de la baranda de babor. Primero hala la caña hacia sí y luego le da vuelta al carrete para volver a halar la caña hacia sí y volver a darle vuelta al carrete en un proceso continuo. El pez lucha contra Luis. Es fuerte. Con mucho esfuerzo, Luis continúa la lucha, despacio ganando línea. Lili le pasa corriendo de proa a popa sin darle más que una sonrisa a Luis.

Con blusa roja de manga larga y pantalones negros, ambas piezas de algodón grueso en buen estado, y sus cabellos amarados en cola de caballo, su bien formado cuerpo corre atléticamente y sin esfuerzo hacia la popa. Llega y enseguida agarra la caña y empieza a darle vuelta al carrete. Como Luis, hala la caña hacia sí, y la baja dándole vuelta al carrete. Continúa así su batalla con el pez que resiste fuertemente. Por estribor llega Merci corriendo con un largo palo terminado en un gran garfio en la mano.

- ¿Qué hubo? ¿ayudo?

- Si me canso te lo paso. Parece grande el pez - dice Lili -, Luis está a babor con otro. Ve a ver cómo le va y luego te regresas si no te necesita.

Merci con una camiseta amarilla de manga larga y pantalones de algodón blancos no está vestida para pescar, pero se ve preparada a todo.

- Luis, ¿cómo te va?, ¿necesitas ayuda? Mira, ¡te rasuraste!, ¡pero ¡qué guapo!

- Ya parece que lo tengo - dice Luis ignorando el piropo -, creo que lo vi -, dice mirando hacia ella -, ¡bien que trajo el garfio!, lo vamos a necesitar. ¡Mírelo! ¡Allí está! - dice Luis señalando a su izquierda.

- ¡Lo veo! ¡Tráelo! - dice Merci levantando el palo con el garfio y llevándolo al agua.

Con el pez pegado a la baranda, Merci lo engarfia y comienza a halarlo.

- Es grande y demasiado pesado, ¡ayúdame!

Luis se le acerca y ambos, pegados sus cuerpos, con cuatro manos en el palo halan al pez y lo tiran al barco. El pez mide como un metro. Parece ser una palometa, llamado 'amberjack' o 'yellowtail', en algunos lados.

- ¡Qué bien lo hizo, Merci!

- Tú, Luis, ¡bravo! Parece que hay más. Vamos a ponerle otra carnada y tirarlo de nuevo. Y vamos a ver cómo está Lili.

Lili los oye acercar y grita,

- ¡Corran!, ¡ya está aquí!, ¡traigan el garfio!

Nuevamente Luis y Merci engarfian a la palometa y lo traen a bordo. Continúan trayendo palometas a bordo como si no tuvieran fin. Llegan Sandro y Linda.

- ¡Son muchos! - dice Linda dirigiéndose a Sandro -, nada más vamos a filetearlos, ¿sabe hacerlo?

- Sí, pero necesitamos los cuchillos para eso. Oigan, vamos a guardar tres o cuatro cabezas para hacer una sopa. Voy a buscar los cuchillos - dice Sandro y se va rápidamente hacia el fogón.

- Merci - dice Lili -, me estoy cansando, ¿puedes llamar a Manuel?, ¿y Mili?

- Mili está durmiendo; tiene guardia. Voy a buscar a Manuel.

Con Manuel, Lili, Merci, y Luis pescando y Sandro y Linda fileteando, en cuatro horas se acaba la pesca con todos agotados, pero habiendo ganado casi treinta kilos de excelente pescado blanco para el helador.

- Ya vámonos - dice Luis - Manuel, ¿te quedas a limpiar la cubierta?, si no, Antonio nos va a matar.

- Me quedo - dice Manuel

- ¿Te ayudo? - pregunta Merci.

- ¡Seguro!, y gracias - responde Manuel sacando la manguera de popa y dándosela a Merci. Les echas agua a los escombros, yo los echo al mar con esta escoba ¿te parece?

- Bien.

Con algunos envolviendo el pescado y poniéndolo en la hielera y Manuel limpiando la cubierta con Merci, termina la pesca con un grupo de gente muy cansada que se reúnen en la cocina para ver los resultados de sus esfuerzos.

- ¿Alguien quiere sashimi? - pregunta Linda en el fogón.

Un coro de "yos" le responde.

- Pues guardo cinco kilos para eso, ¡vamos!, ¡váyanse a bañar para que se quiten ese olor a pescao! Yo voy también y regreso a prepararles la cena, ¿me ayudas, Sandro?

- ¿A bañarse? - pregunta Sandro.

- Quizás otra vez.

- ¿De veras?

- ¡No, estúpido!, a preparar la cena, descarado, ¡vete ya y avanza! - dice Linda reprimiendo una sonrisa.

Se van todos queriendo acabar de regresar para tener la cena de pescado fresco.

"¿De veras pensará que soy guapo la Merci? ... una mujer así, ¿para mí? ¡No, no, no!, de seguro quería ser cortés, pero, ¡ay que chula!... y no le dije nada, ¡bruto!, a ver si la ducha te quita la estupidez además de la costra... ¡No, no, no!, No sueñes...", piensa Luis de camino al camarote de oficiales.

"Mala suerte que no estaba Mili, ¡cuánto me agrada la chamaca! - pensaba Manuel bajo la ducha - oye tú, ¡tranquilo!"

Linda regresa al fogón y llama a la sala de control.

- Habla Antonio, diga.

- Le habla Linda, capitán; tenemos pescado fresco y quiero saber si usted come sashimi.

- Sí. Desde luego, me encanta, ¿cuál pescado?

- Palometa.

- Fenómeno, ¿a qué hora?

- De aquí a cuarenta y cinco minutos, como a las seis y media, ¿le parece?

- Seguro y gracias por llamar. A las seis acaba mi turno y podré ir enseguida. A Mili le toca el próximo turno, quizás alguien le trae su comida.

- Manuel se la lleva, capitán.

- Pídale que coma con ella para que no se sienta sola y le ayude a monitorear los sistemas.

- Así lo haré, capitán. Aquí lo esperamos.

- Bien.

Mientras unos saboreaban el sashimi preparado por Linda con ayuda de Sandro en la sala principal, Mili y Manuel lo hacen más en privado en la Sala de Control.

Los ojos a veces dicen más que las palabras. En silencio disfrutan de su cena y su compañía.

Capítulo 7 - La Tormenta

Lo que eran cielos nublados el día anterior son ahora nubes oscuras cubriendo todo el cielo con un oleaje turbulento. Luis llama a Antonio:

- ¡Capitán, parece que vamos a tener tormenta, el barómetro bajó rápidamente!, ¡mejor sube!

- Voy, ¡ordena a todos arriba con chalecos salvavidas y que nadie esté en cubierta sin ataduras!, ¡arriza las velas de inmediato!, ¡instala el foque y la vela cangreja de tormenta, no esperemos a que lleguen los vientos!

Anunciada la tormenta, todos suben a la Sala de Control, bajan las velas corrientes, instalan el foque y la vela cangreja de tormenta y ponen el radio en la estación de información sobre el clima donde oyen que se enfrentan a un enorme frente bajo. En la Sala de Control, Antonio ordena:

- ¡Lili, estás a cargo aquí, trae la proa al viento! ¡Con Luis y Manuel, yo voy a desplazar el ancla flotante ahora!, los demás se quedan en la Sala de Control. ¡Sandro, asegúrate que las puertas y las portillas estén bien cerradas!

Los tres salen de la Sala de Control a la lluvia que empieza a caer con insistencia.

- Si no te molesta, Sandro, Mili y yo vamos - dice Merci. - Estamos más acostumbradas a esto, ¿de acuerdo, Sandro?

- Pero Antonio dijo que lo hiciera yo - protesta Sandro.

- Sí, Sandro, pero, ¿por qué no te quedas aquí conmigo cuidándome y haciéndome compañía? - le dice Linda.

Un poco aliviado su orgullo y un poco mareado, Sandro accede.

- Oigan, si alguno va a vomitar, use el bote grande allí - dice Lili - ayúdense los unos a los otros, ¡estén atentos!

Las olas se estrellan en la proa levantándola para que luego caiga estrellándose al otro lado de la ola y repiten la acción constantemente con más o menos efecto. Lili mantiene la proa perpendicular a las olas usando el motor de ayuda, y La Esperanza, empujada por el viento y las olas, retrocede poco a poco cediendo terreno al mal tiempo. Sandro y Linda miran atentos las maniobras de Lili. Regresan Mili y Merci bañadas de mar y lluvia.

- ¿Lili, necesitas ayuda? - Pregunta Merci

- De aquí a un momento me relevas, te dejo saber. Por ahora estoy bien.

En esos momentos llegan Antonio, Manuel, y Luis.

- ¿Cómo está todo, Lili?

- Bien, capitán. Tómense un poco de café, se ven exhaustos - dice Lili.

- Ahorita Mili toma el timón por un rato, luego Merci, y después ustedes si la tormenta sigue. Descansen por ahora. Ya hicieron la mayor parte de la tarea. Ahora solo nos queda esperar a que pase esto. Y ya pasará.

Pero pasan más de tres horas antes de que amaine la tormenta que los llevó a más de cien millas fuera de curso. Con Sandro y Linda de guardia, se van todos a recostarse. Llegan a los camarotes, se quitan la ropa, se dejan caer desnudos en las literas y al momento están dormidos.

El próximo día les regala las tareas de recuperar y guardar el ancla flotante, el foque y la vela cangrejo; y de volver a desplazar las velas normales. Hombres y mujeres trabajando hombro a hombro terminan la labor casi tan cansados como el día anterior, pero esta vez sí se detienen a bañarse y a comer antes de ir a la cama.

Les toma dos días recuperarse del todo. Pero con el mar calmado y el descanso, pronto están listos para enfrentarse a la tarea regular.

Capítulo 8 - La Oferta

Con todos reunidos en la sala de control y Antonio con una camisa que parece nueva, blanca de manga larga, de grueso algodón y unos pantalones negros, examina los presentes moviendo su gorra hacia atrás para después traerla hacia delante, y se dirige a todos diciendo:

- Bienvenidos todos a nuestra primera reunión. Espero que todos se hayan recuperado del mal viento. Vamos a hacer esta reunión corta. A ver, ¿quién tiene una sugerencia para mejorar cualquier cosa en el barco? Lili... - dice Antonio cuando ve que levanta su delicada mano.

- Pues no sé cómo lo vea, pero me parece que todos estaríamos más cómodos si eliminamos las formalidades. Quiero decir, que nos tuteamos, ¿qué le parece?

- No sé, ¿qué piensan ustedes?, ¿alguna objeción?... Bueno, aceptada la sugerencia sin objeción. ¿Alguna otra cosa? ¿Mili?

- Como tenemos tantos camarotes vacíos, me gustaría llevar todos los documentos de información respecto a los sistemas del barco a un camarote para leerlos con más comodidad. La verdad es que aquí las cosas siempre están pasando y es difícil concentrarse en la lectura.

- De acuerdo. Tome el camarote cinco, pero entienda que esto es temporero. Lea rápido.

- ¿Y tú no habías accedido a abandonar las formalidades? - pregunta Lili.

- Sí.

- Y, ¿cuándo vas a empezar? - dice Lili.

- Ay, sí, perdón, es la costumbre, pero ya, tienes toda la razón y voy a hacer el esfuerzo por recordarlo. Si me olvido, ¿me lo recuerdas?

- ¡Puedes contar con eso!

- Si no hay otras sugerencias, está terminada la reunión.

- Antonio, ¿tienes tiempo para hablar conmigo ahora? - dice Lili.

- Sí, seguro.

- ¿Podemos hacerlo en tu camarote?

- No sé por qué no, vamos.

Entran al camarote y dice Antonio acercándose a la silla de su escritorio admirando el cuerpo de Lili de arriba abajo, y al final dice,

- Perdón, siéntate por favor y dime, ¿de qué se trata?

- Mira, Antonio, no quiero que vayas a pensar que te falto el respeto, pero me has caído muy bien y quisiera ayudarte en lo que pueda.

- Continúa.

- El otro día parecía que no estabas seguro de lo ibas a hacer con La Esperanza, ¿es cierto?

- Para mí, usted...

- ¡Tú!

- Para mí, tú has sido una bendición. En realidad, todas ustedes son de maravilla.

- ¿Y lo de La Esperanza?

- Me es difícil hablar de esto, pero realmente me parece que, aunque te conozco solo unos días, eres mi amiga, ¿me equivoco?

- No, y gracias.

- Mientras vivió Don Gacho, mi función era de pilotear La Esperanza. Si aparte de eso dirigía sus funciones, ahí acababan mis obligaciones. Si me das la responsabilidad de llevar el barco a cualquier parte, lo llevo sin problemas, pero Don Gacho manejaba el dinero, tenía un contable que manejaba las cuentas y una mujer que se ocupaba de hacer los arreglos con los turistas. Yo no sé nada de negocios, contabilidad, o mercadeo. Nuestro futuro es algo incierto y, en verdad, me desconcierta eso.

- Oigo tus palabras, pero no acepto lo que dices. Verás, calculas cuánto diésel necesitas para un viaje, determinas los suministros que necesitas, y ordenas la distribución de trabajo y facilidades en el barco. Eso demuestra que tienes la habilidad de manejar un negocio. Lo que pasa es que tienes que utilizar lo que ya sabes en áreas nuevas, y eso es lo que te inquieta.

- Bueno, si lo pones así...

- Por otro lado, necesitas planear lo que vas a hacer en detalle documentando el plan para que les esté claro a todas las personas afectadas y te sientas más seguro del futuro. Por ejemplo, dices de Ponce, pero, ¿qué sabes de las facilidades portuarias en Ponce para un barco como este?

- No mucho; hace muchos años que no voy.

- ¿Qué sabes de la cantidad de turistas que van a Ponce?

- Nada.

- Entonces, si me permites que te ayude, puedo investigar esas cosas para ver si Ponce es el mejor lugar para ustedes.

- ¿Piensas en otros lugares?

- ¡La cantidad de lugares es casi infinita!, lo que importa es encontrar uno que sea bueno para ustedes. Específicamente, en el Caribe, hay muchas islas, pero Cuba y la República Dominicana me vienen a la mente. Venezuela era otro lugar antes de que se dañara todo.

- ¿Cuba?

- Sí, los venezolanos entramos sin problemas. Habría que ver si permitirían el negocio, pero habría que ponerlo a nombre de venezolanos.

- ¿Ustedes?

- ¿Por qué no? No podemos hacer nada en Venezuela, pero podemos ejercer nuestras profesiones en Cuba, y hay muchos turistas visitando a Cuba.

- ¿Y la República Dominicana?

- Allí serían ustedes los que podrían entrar sin mayores problemas, pero podríamos investigar si podemos trabajar allá. Por otro lado, están los Estados Unidos. Florida, por ejemplo. Con nuestra educación, podemos ejercer allá.

- Espera, me parece que me estás ofreciendo una sociedad, ¿me equivoco?

- He estado pensando en eso. Las chicas lo están pensando también. En Maracaibo teníamos un negocio de llevar turistas al mar en un velero catamarán de veinte metros. También teníamos una lancha de motor de ocho metros. El papá de Linda se encargaba de la contabilidad, nuestras mamás del servicio al cliente. Nuestros papás trabajaban en el internet haciendo publicidad y manejando las entradas que venían del internet. Nosotras nos turnábamos manejando los botes. Como puedes ver, tenemos una organización completa para este tipo de negocio.

- Increíble, pero, ¿de dónde sacamos dinero para el sustento de tanta gente?

- He pensado en eso también. Sé que no tienes dinero, pero nosotras sí tenemos. Encontramos en Puerto Montt cuatrocientos treinta mil dólares, y en Maracaibo todavía nos queda el equivalente de veinticinco mil dólares. Me parece suficiente para empezar el negocio, ¿qué opinas?

- Me preocupa el dinero de Puerto Montt, y yo solo tengo el equivalente de doce mil dólares. No compagina con lo que ustedes tienen.

- Cierto, pero tienes La Esperanza, eso ecualiza. También tienes una tripulación dispuesta a trabajar por una parte de las ganancias y eso es una gran cosa. ¿Qué pasaportes tienen ustedes?

- Todos de los Estados Unidos.

- ¿La Esperanza tiene internet?

- Sí, a través de satélite. Se me olvidó cancelar el servicio, y es caro.

- Quizás sea preferible que no lo canceles para usarlo en nuestras investigaciones, ¿qué te parece?

- Creo que en eso no hay problema. En este papel está el nombre de la red y la contraseña. Mira, tengo que pensar en lo que me has dicho para ver si yo o mis tipos cabemos dentro de estas ideas. No me sorprendería si ellos brincaran de alegría, pero yo no tomo decisiones rápidamente, de hecho, me toma tiempo digerir información nueva, ¿te molesta darme un par de días para pensar en esto?

- Desde luego, Antonio. Nada más me dejas saber lo que decidas - dice Lili ofreciéndole la mano a Antonio quien la toma haciéndole eco a su sonrisa.

Capítulo 9 - Las Consultas

- ¿Me quería ver, Capitán?

- Luis, a menos que estemos con extraños, llámame Antonio. Quedamos en eliminar las formalidades.

- Pero capitán...

- Ya te dije, ¡obedece!

- Sí, señor.

- ¡Maldita sea!

- Antonio, Antonio...

- Mejor así, después de quince años trabajando juntos, creo que es mejor así. Te veo como a un hermano.

- Sabes que voy al fin del mundo por ti, pero no lo había pensado así. Me honras.

- Y tú a mí con tu dedicación. Bueno, al caso, ¿qué piensas de estas mujeres?

- Aparte de su gran educación, inteligencia y belleza, me parecen buena gente. Son cordiales, gentiles, y consideradas, pero más allá, trabajan duro y saben lo que hacen a bordo, ¡la cosa más extraña que he visto! Duras mujeres marineras con doctorados que, si me hubieses dicho que existían, te juro que me hubiera atrevido a decirte que mentías y, a esta edad, estoy batallando para no enamorarme.

- Luis...

- Ya sé, ¡locura! Lo estoy batallando te digo.

- ¿Quién?

- Merci.

- ¡Qué pena!, te la mereces a ella y a cualquier mujer, pero no sé cómo reaccionaría si se lo dices.

- No se lo podría decir.

- Bueno, aguanta. Mándame a Manuel por favor.

- Muy bien, ahora lo busco.

Minutos después entra Manuel y dice:

- ¿Me llamaste, Antonio?

- ¿Luis te dijo?

- Sí.

- Bueno, eso me ahorra una discusión. Quería pedirte tu opinión respecto a las mujeres.

- No sé qué decirte. Lo obvio, obvio está; hay más cosas que no son tan obvias pero que puedes percibir sin mi ayuda, pero ahí te va, son humildes, ¡qué extraño que con tanta educación nos traten como iguales!; son trabajadoras, le meten mano a cualquier tarea en el barco; son cariñosas. ¡ay, esto es lo más difícil para mí! Me toman de la mano, se recuestan en mí, me empujan, me halan...

- ¿Todas?

- Bueno todas, como todas... no.

- ¿Quién?

- Mili, pero ya sé que no es nada serio, es solo su personalidad, pero, ¿cómo le hago Antonio?

- No sé, ¿y las otras?

- Sandro le está tirando a Linda y ella parece que le responde los juegos. Espero que no te enojes, Antonio, pero me parece que hay algo entre tú y Lili.

- ¡Eso no!, gracias por tu opinión. Te puedes retirar.

"Hermosa la Lili - pensaba Antonio -, pero yo a mis cincuenta y seis, ¿qué le ofrezco a esa mujer que ella quiera tener de mí? Luis y Manuel probablemente van a tener una gran tristeza enamorados de esas hermosas chicas. Sandro quizás tenga una oportunidad. Si accedo a la propuesta de Lili, este dolor va a ser para mucho tiempo para Luis y Manuel, y quizás hasta para mí. Nunca los había visto enamorados. ¿Qué hago? Creo que, si se lo digo de frente, Lili entenderá. No podemos hacer negocio sin que los chicos estén incómodos y tristes. No la debo hacer esperar más." Antonio toma la radio manual y la llama.

- Lili, ¿puedes venir a mi camarote?, quiero hablar contigo si tienes tiempo.

- Ya voy.

Entra Lili y se sienta.

- A ver, Antonio, ¿qué se cuenta?

- Lili, después de pensar en tu oferta unas horas, decidí que fui un estúpido en tener que pensarlo.

- Ah, ¿y?...

- Espera, tu oferta es inteligente y generosa, pero tenemos un problema que me hace difícil aceptarla.

- Bien, ¿me puedes decir de qué se trata?

- Bueno, me dijiste que somos amigos, y los amigos se hablan de frente, sinceros y honestos, ¿estamos?

- Totalmente de acuerdo, nada más dímelo.

- ¡Bien!, tus amigas son tan hermosas y simpáticas que mis chicos se han enamorado de ellas. Como no van a tener oportunidad de tener relaciones con ellas, van a estar miserables todo el tiempo que estén cerca de ellas y yo no quiero eso.

- Bueno, si vamos a hablar de frente, te puedo decir que una de las razones por las cuales mis amigas están interesadas en el negocio propuesto es que están interesadas en tus 'chicos'; además, ¿por qué dices que 'mis amigas' son hermosas y simpáticas?, ¿qué pasa conmigo?, ¿no entro en eso?

- ¡Santos entierros! ¡Seguro que sí!, pero hablaba de ellos: Sandro de Linda, Manuel de Mili y Luis de Merci.

- Y qué les pasa, ¿no saben hablar?

- No es eso, es que no piensan que hay interés mutuo.

- Y, ¿no tienen cojones para preguntar a ver si eso es así?

- No hables así, por favor.

- Y tú, ¿qué te pasa a ti, inútil? Sí, a ti, ¿ellos se enamoran y tú no?

- Lili...

- ¡Ven aquí, demonio!, ¿no vienes?, ¡boquiabierto!, ¡pues yo voy allá!, ¡levántate!, ¿tienes brazos?

- Sí...

- ¿Pa' qué los quieres?, ¡abrázame!

Antonio qué podía hacer, la abraza.

- ¿Tienes labios?

Pero esta vez Antonio no espera a que le pregunten y besa a Lili en los labios apasionadamente por largo tiempo.

- ¿Ya ves?, eso está mucho mejor, ¿no crees?

- ¡Mucho! Nunca pensé... ahora te puedo decir que sí estoy enamorado y lo estoy desde el primer día que te vi. Cuando vi tus esplendorosos ojos tan negros, más negros que una noche oscura, tu cabello nacarado y tu extraordinaria figura, quedé totalmente enamorado.

- Ya ves que puedes hablar y decir cosas lindas, ¿y los chicos?

- Hablaré con ellos y veremos.

- ¿Dormimos juntos, Antonio?

- ¡Seguro! Lo quiero para el resto de mi vida.

Capítulo 10 - Pero, ¿Cómo?

- Despierta, Antonio. Son casi las ocho. Dormiste como un lirón. Ya me voy. Tengo guardia a las diez. Mira, no le digas a los chicos que las chicas los quieren. Déjalos que se desarrollen en su propio tiempo. Nada más diles que si alguien quiere algo, debe perseguirlo. ¿Me entiendes?

- Seguro, amor. Pero me puedes decir, ¿cómo es esto posible?

- No sé si vas a entender, pero ahí te va. Toda la vida, los hombres se nos han tirado encima con historias y cuentos con la idea de conseguirnos. Estamos hartas de eso. No sabes a cuantos tuvimos que físicamente tirar a la cuneta. Llegamos aquí, y ustedes nos trataron con respeto y amistad. Fueron diferentes, en fin: deferentes para con nosotras. Y cantándonos, hablándonos con delicadeza, respetando nuestras habilidades: esas sutilizas fueron suficientes. Nadie nos había tratado así. Eso es todo. Me voy.

- ¿Y mi beso?

- ¡Que rápido aprendes, Antonio!,- dice Lili acercándosele y besándolo para luego salir del camarote.

Antonio se levanta con todo su cuerpo quejándose y se baña. Luego llama a Luis y a Manuel.

Entran y dice Luis, - ¿Qué pasa Antonio?

- Estuve pensando en lo que les dije ayer. Creo que me equivoqué. No los he visto a ustedes enamorados nunca. Ahora lo están. Quizás esta sea la única vez en su vida. Olvídense de las diferencias de edad y educación. Si hay una oportunidad en un millón de que esas chicas les respondan, se deben a sí mismos la responsabilidad de tratar de ganárselas. Háganlo con delicadeza y romance. ¿O van a pasar el resto de sus vidas pensando en lo que pudo ser? No. Aunque los rechacen al fin, traten de ganárselas a ver qué pasa. Si no las ganan al fin, al menos trataron. ¿Qué me dicen?

- ¿Estás loco - dice Luis -, a mi edad?

- ¿Y qué? ¿Estás dispuesto a morir sin haber tenido un gran amor? Si la persigues, esa habrá sido tu gran amor—te quiera o no te quiera.

- Y tú Manuel, ¿qué dices?

- Que un gran amor nunca dice adiós. Yo trato a ver qué pasa.

- Muy bien, Manuel. ¿Y tú, Luis?

- Estoy loco, pero loco por ella. Trataré también. No sé cómo, pero trataré.

- Bien. Váyanse. Voy a ver si encuentro algo para desayunar. - Y se van todos.

Llega al fogón, encuentra a Linda en su usual atavío blanco de cocina y dice, - Linda, querida, ¿me preparas algo para desayunar, por favor?

- ¿Querida? ¡Qué romántico despertaste, Antonio! ¿Qué te pasó anoche que despertaste así? Siéntate por ahí y te preparo un desayuno, querido, pero no le digas a Lili que nos hablamos así.

Capítulo 11 - Segundo Karaoke

Manuel, Luis, y Sandro se reúnen para charlar y después de un rato, Luis dice:

- Sandro, tú que eres más joven y tienes más experiencia en esto, quiero decirle a Merci que me gusta y que estoy enamorado de ella, ¿qué le digo?, no tengo palabras, se me traba la lengua cuando trato de hablarle.

- Yo tengo la misma situación con Mili, recomiéndame algo - dice Manuel.

- Bueno, si no pueden hablar, quizás se lo pueden decir cantando, ¿qué tal si hacemos otro karaoke y le dedican una canción de amor a las chicas? Se van con el micrófono a donde ellas y le cantan directamente. El mensaje les va a llegar enseguida, ¿qué opinan?

- Manuel sí puede, él canta muy bien, pero yo, ¿qué hago?

- No cantaste mal el otro día, solo necesitas tener confianza y cantar libremente - dice Manuel.

- De acuerdo.

- Pero, dedicarle una canción y cantársela así de frente, no sé si pueda.

- Ya veo - dice Sandro -, ¿qué tal si yo les digo que les están dedicando las canciones y ustedes solo las cantan?

- Me parece bien, ¿no crees Luis?

- Está mejor pero todavía tengo que cantar.

- ¿Dónde están tus cojones?, ¡déjate de mierda y echa pa' 'lante!, ¡fuerza!

- Bueno, trataré de no dañar la cosa, ¿y tú, Sandro?

- Hago lo mismo con Linda a ver qué pasa.

- ¿Y qué canciones vamos a cantar? - dice Luis.

- Yo le canto de Joan Sebastian, 'Me Gustas.'

- Buena selección Manuel, ¿y tú, Luis?

- No sé, ¡ayúdame!

- Tú eres de Puerto Rico, le cantas un bolerito.

- Sí, pero, ¿cuál?

- Déjame pensar..., yo creo que 'Amémonos' sería fantástica - ofrece Sandro.

- No la sé.

- Creo que sí la sabes, fue muy popular en Puerto Rico, cuando la escuches la vas a reconocer. De todos modos, nos reunimos y la practicamos, y no digas que no, ya está decidido.

- ¿Quién te hizo capitán a ti, pendejo?

- ¡Hombre Luis!, Sandro solo está tratando de ayudarte. Accede y todo va a quedar bien.

- Sí, perdona, es que me pongo nervioso con esto de hablarle o cantarle a Merci.

- Bueno, pues tenemos un plan. ¿Le hablas a Antonio para hacer el karaoke de aquí a tres días, Luis? - pregunta Sandro -, Así tendrás un par de días para practicar la canción.

- Bien, pero vamos a practicarla ya.

Se van al camarote de Sandro, prenden la computadora, Sandro ejecuta la pista de 'Amémonos,' y le pregunta a Luis:

- ¿Te acuerdas?, ¿la reconoces?

- Sí, pero cántala conmigo a ver cómo sale.

- ¡Pues ahí va! *Buscaba mi alma con afán tu alma, buscaba yo la virgen que a mi frente... Es en el alma llevar el firmamento, y es morir a tus pies de adoración...*

- ¡Me parece que ya casi, Luis! - dice Manuel.

- Ahora cántala tú solo - dice Sandro.

Y así se pasan un par de horas cantando. Antonio accede al karaoke con él de guardia y empiezan a las siete con Sandro cantando un par de canciones. Entonces anuncia:

- Tenemos una canción especial que Manuel le dedica a Mili, y dice así...

Manuel toma el micrófono, se le acerca a Mili, y empieza a cantar.

- *Me gustan tus ojos, me gusta tu boca, me aloca, me aloca el roce de tu piel... Me gusta todo... todo me gusta... de ti...*

- ¿De veras te gusto?, ¿por qué no me habías dicho nada?

- Soy un poco torpe cuando te quiero hablar.

Tomándolo de la mano le dice:

- Pues quédate a mi lado ahora, guapo.

- Ahora, Luis le va a dedicar una bonita canción a Merci que dice así... Bueno... Luis no estaba listo. Vamos ahora, la empezamos juntos, ¿te parece Luis?

- Okay... *Buscaba mi alma con afán tu alma...*

La empiezan juntos y al momento Sandro se calla y sigue Luis cantando sólo.

- *Buscaba yo la virgen que a mi frente... Es en el alma llevar el firmamento, y es morir a tus pies de adoración...*

Merci se le acerca a Luis y le dice, - ¿Un poco tímido? Me gusta eso, ven, dame la mano y quédate junto a mí.

- Que bien cantaste Luis - dice Sandro -, me encantó tu interpretación. Y ahora me toca a mí dedicarle una canción a Linda y dice así... *Con la paz de las montañas te amaré, con locura y equilibrio te amaré... A pesar de todo siempre te amaré...*

- ¿No me mientes, Sandro?, ¿no estás jugando otra vez? - pregunta Linda.

- Te lo prometo.

- Bien, dame tu mano.

- Seguro, pero todavía estamos en el karaoke, vente aquí conmigo. ¿Me dejas que le ponga una canción a Antonio?

- ¡Vale!

Ahora Antonio le dedica una canción a Lili:

- *...Cada vez que te beso me sabe a poco, cada vez que te tengo me vuelvo loco... Te quiero, te quiero, como la tierra al sol...*

- ¡Ay, condenado, ven acá! - dice Lili y le abraza y le besa apasionadamente.

- ¡Oye, Antonio, llévala a un cuarto! - dice Sandro.

- ¡Payaso condenado!, cuidado que no te tiremos por la borda - dice Luis.

- No, de verdad que estuvo fenómena la canción, ¿verdad?

- Sí, pero creo que dejo el karaoke aquí, quiero hablar con mi tímido Boricua - dice Merci.

- Y yo con mi mariachi - dice Mili.

- Quizás nos retiramos, ¿no crees, Antonio?

- Sí quisiera, Lili, pero estoy de guardia, ¿me perdonas?

- Okay, ¿te acompaño?

- Un rato, mañana tenemos trabajo.

- Sandro, ¿nos vamos?

- ¿Los dos?

- Eso - dice Linda.

- ¿Puedo dejar el equipo aquí hasta mañana, Antonio?

- Sí, sí, ¡váyanse!

- ¡Definitivamente! Hasta luego Lili, Antonio, que estén bien.

- Parece que no tenemos problema, ¿qué dices, Antonio?

- No creo, cariño.

Y se acaba la noche de karaoke con ocho personas entrelazadas.

Capítulo 12 - No Todo Es Paraíso

En medio de la noche, con Lili de guardia, se encuentra Antonio examinando cómo las separaciones de las maderas del techo forman líneas paralelas de un extremo al otro del camarote. Su mente, como tantas veces, se va a los sitios más inesperados. Tantos años atrás construido el barco y aun muchos años más, milenios en realidad, la habilidad del ser humano de construir. Nadie se asombra.

"¡Demonios!, ¿qué haces despierto?, y, ¿qué vamos a hacer con la gente de Puerto Montt? Ni se discute ni se hace nada, pero si no se hace nada, todo esto se puede ir a pique." Se levanta y se viste y va a la Sala de Control.

- ¿Qué haces despierto, cariño? - le saluda Lili.

- No podía dormir sin ti - le dice Antonio, se le acerca, la abraza y la besa.

- Eres muy lindo pero mentiroso, ¿qué te está molestando?

Y ahí está el asunto, hay que ponerlo al descubierto, de otra manera seguirá molestando en el subconsciente, además, discutiéndolo se llega a una decisión. Hay que hacer algo. Antonio buscando palabras dice:

- Estamos soñando, y es muy bonito, pero estamos viviendo una cosa temporera porque si la gente de Puerto Montt nos encuentra, vamos a tener un serio contratiempo que va a cambiar nuestras vidas. Tenemos que enfrentar eso y hacer algo.

- ¡Maldito!, ¿tenías que traer ese tema y dañarlo todo?

- Y si no, ¿qué?

- Tienes razón, ¡diablos!, tenemos que hacer algo, pero, ¿qué?

- Creo que hay que acabar con el jefe de esa gente y mandar la información de su organización a la Interpol. Es probable que esta gente le esté pasando dinero a la policía y a los políticos, o alternativamente los están chantajeando. No creo que podamos ir a la policía local.

- Ay, Antonio, ¿los quieres matar?

- Nunca pensé que pudiera considerar algo así, pero no encuentro otra alternativa. Te aseguro que quisiera que la hubiera, ¿qué piensas tú?

- Lástima que he estado pensando en lo mismo, ¿cómo se atreve esa gente a destruir vidas? ¡No merecen vivir!, pero, ¿nosotros?... nosotros no somos asesinos.

- No lo veo así, lo veo como un servicio a la humanidad. Estaríamos eliminando una organización dedicada al mercado de seres humanos, quién sabe cuántas mujeres podrán estar bajo su control y nadie hace nada.

- ¿Y cómo lo hacemos?

- Elegimos a algunas personas que estén dispuestas a hacerlo, planeamos el asunto, y lo ponemos en acción. No hay más. Tenemos que discutirlo en grupo para que la decisión sea de todos, ¿qué te parece?

- Que todos lo hemos estado pensando y te tocó a ti traerlo a la superficie, pero bueno, tarde o temprano. En la reunión de la mañana lo discutiremos, no creo que sea de diez minutos.

- Me parece bien, ¿qué hora es ya?

- ¿Se te olvidó el reloj?, son las siete y media de la mañana y no has dormido más de cinco horas, ¿cómo vas a trabajar hoy?

- Bueno, como soy el capitán, te ordeno que tomes mi guardia de las ocho.

- ¡Descarado!, necesitas una buena paliza, ¡ven acá!, ¡no te vayas, cobarde!

- ¡Okay, okay, estaba bromeando! - dice tomando sus brazos y abrazándola -, crees que alguien se va a dar cuenta si nos vamos al camarote por un rato, ¡te ves réquete chula!

- ¡Capitán descarado!, ¡suéltame!, ya pronto llegan todos.

Como pasa el tiempo, poco a poco va llegando el resto de la tripulación. Cuando están todos, Antonio dice:

- Hoy vamos a tener una reunión diferente. Creo que todos están de acuerdo de que los últimos días han sido maravillosos, pero hay una sombra sobre nosotros que hemos estado ignorando. No podemos seguir haciéndolo. Tarde o temprano tenemos que enfrentar el problema de Puerto Montt, ¿alguien ha pensado en lo que podemos hacer?

- Como Sandro es el que sabe de armas de fuego, lo mandamos a que los mate a todos y asunto resuelto - dice Mili.

- ¡No manches! - dice Manuel - ¡En serio, hay que hacer algo!

- En serio, he pensado darme un viajecito por allá - dice Sandro.

- ¿Sin decirme nada a mí? - dice Linda.

- Solo lo he pensado, Linda - dice Sandro.

- En serio, ¿Quién tiene una sugerencia? - dice Antonio.

- Tú eres el capitán, ¿Qué quieres hacer? - habla Luis después de un corto silencio.

- Esto tiene que ser una decisión en la que todos estemos de acuerdo, por eso no les ofrecí mi opinión primero. Estos criminales probablemente tienen comprado o están chantajeando los políticos y la política local. Tenemos que involucrar a la Interpol, pero no creo que debamos contar solo con ellos porque aún si los metieran en la cárcel, desde allá podrían continuar persiguiéndonos. Necesitamos una solución permanente.

- Pues lo único permanente es la muerte. Regresamos a lo que dijo Sandro, ¿no? - dice Merci - Lo he pensado así.

- No vamos a mandar a Sandro a nada - dice Linda.

- Espera - dice Antonio -, lo que vayamos a hacer lo hacemos solo si todos están de acuerdo, y no me parece que esto sea trabajo para una sola persona. Tentativamente pensaba que podrían ser dos o cuatro de los hombres, pero ya sé que tendrán objeciones las mujeres, así que díganme, ¿qué piensan?

- Como marineros y como novios, ustedes son geniales, pero, ¿cuándo se han enfrentado a criminales armados, a gente que esté tratando de matarlos? - dice Mili.

Tras un largo silencio, Antonio dice:

- Aparte de algunas peleas de borrachos, no creo.

- Entonces nosotras estamos mejor preparadas para esto - responde Merci.

- Espera, no me voy a quedar aquí si tú te vas a hacer una cosa tan peligrosa. Me moriría de angustia esperando a ver qué pasa - le dice Luis.

- Habló por mí - dice Manuel.

- Y por mí - dicen Sandro y Antonio al mismo tiempo.

- Quizás hay una solución. No me gusta, pero entiendo a los chicos. Dedicamos las próximas dos semanas a entrenarlos en el arte de defensa propia. Sandro entrena a todos a disparar. Al final de las dos semanas, elegimos los dos que mejor hayan aprendido, y los acompañamos con sus parejas. Cuatro personas tienen que quedarse manejando el barco y cuatro se van a Puerto Montt.

- Eso me parece inteligente, Lili, pero creo que yo tengo que ir para proveer servicios médicos. Y ya Luis dijo que no me va a dejar ir sola. Antonio no debe dejar el barco. Sandro es el mejor que maneja las armas. Así que me parece que lo lógico es que seamos Sandro, Linda, Luis y yo. Si lo hacemos así, solo tenemos que entrenar a Sandro y a Luis en defensa propia y a Luis y a nosotras en las armas de fuego, aunque hemos estado practicando desde hace dos semanas por orden del mismo Luis, y podemos dedicarle las dos semanas a eso. De esa manera se simplifica todo.

- No sé por qué tiene que ir Linda - dice Sandro.

- Mi caballero protector, no te dejo ir sin mí y ya está dicho - dice Linda.

- Pero... - empieza a decir Luis.

- No te atrevas a decir nada - le dice Merci -, si no hay objeción que no sea de Luis y de Sandro, creo que tenemos el equipo. Ahora solo necesitamos un plan de acción. Levanten las manos los que tengan objeción. Tu no Luis, ni tu tampoco, Sandro... Entonces vamos a reunirnos los que vamos a Puerto Montt todas las noches a las seis para planear el asunto y cuando estemos listos, lo compartimos con el resto, ¿de acuerdo?

Aunque no fue difícil crear el equipo de ataque, la parte más difícil sería completar un plan con buenas probabilidades de triunfar. Se dispersaron todos pensando cómo sería la mejor forma de hacerlo. Los hombres pensando que querían ir, pero no ofreciéndose porque no querían que sus parejas fueran, y las mujeres no seguras de la elección, pero dispuestas a proveer soporte al grupo elegido.

Capítulo 13 - ¿Qué Pasa Aquí?

- ¡Mire capitán, algo malo va a pasar aquí!

- ¿Quién es usted y cómo subió al barco? - dice Antonio.

- Yo soy Antonio, escúcheme, estoy seguro que algo malo tiene que ocurrir.

- ¡Usted no es Antonio! ¡Yo soy Antonio!

- Mire capitán, tenga cuidado con esas mujeres, algo se tienen entre manos, usted verá.

- Usted, ¿quién es?

- Soy Mapy, he estado siguiendo su viaje, y le quiero advertir que estas mujeres van a hacer algo.

- Yo creo que el barco se va a hundir.

- ¡Centellas!, ¿quién es usted?

- Soy Marisol y mire, ya el agua me está llegando a las rodillas, ¿no ve?

- Luis, Manuel, todos con chalecos salvavidas, ¿por dónde está entrando el agua?, ¡vamos a la Sala de Control!, ¿dónde está la puerta?, ¿por qué no hay puerta?, ¡mi barco a cambio de un hacha! ¡Lili, Lili!

- ¡Antonio, Antonio, despierta! Estás teniendo una pesadilla, querido. ¡Ven aquí! - le dice Lili con sus cabellos revueltos. Trae la cabeza de Antonio delicadamente a sus senos descubiertos y le dice acariciando su nuca -, todo está bien, mijo. No ha pasado nada.

Antonio reacciona a todas las caricias y todo vuelve a la normalidad. Luego Antonio le dice,

- Gracias mi amor, ¡Qué horrible! Un hombre diciendo que era Antonio y que algo malo iba a ocurrir, una mujer llamada creo que Mapy diciendo que me cuidara de ti

y de tus amigas, otra mujer llamada Marisol diciendo que el barco se iba a hundir, y con agua en el piso no encontraba una puerta para salir del camarote, y yo buscando un hacha para abrir paso y no la encontraba.

- Qué pena cariño. Lo más seguro fue algo que comiste anoche, pero ya estás bien, ¿verdad?

- Sí, mi amor. Ven acá, acaríciame como lo hiciste ahorita otra vez. Me encantó.

- Seguro mi descaradito sinvergüenza.

"No hay nada que nos cause más miedo que los demonios que nos creamos en la mente - pensaba Lili al cabo de unas horas. ¿Qué diablos le inspiraría a Antonio a tener esta pesadilla?, ¿y quién será esa gente? ¿Antonio, Mapy y Marisol?, ¿de dónde habrá sacado eso?, pero, ¡qué rico el tratamiento para calmarlo!, no estaría mal que tenga otra pesadilla."

Capítulo 14 - El Plan De Ataque

Creado el plan, se reúnen para compartirlo. Sandro presentando comienza diciendo:

- Hay varias cosas que discutimos respecto al plan. Se las comparto ahora: pensamos que no sería inteligente volar a Puerto Montt porque quedaría el récord de nuestro vuelo. Podríamos ir en bus, pero quizás llegaríamos más pronto si compráramos un SUV y lo guiáramos hasta allá. Esto requerirá gastar una buena cantidad de dinero en el SUV y la gasolina. Pensamos que encontramos uno usado y lo revendemos cuando regresemos, ¿Antonio?

- Si no quieren que quede récord de su viaje a Puerto Montt, quizás tienen que pensar eso de la transportación más, porque la carretera que va hacia el norte, cruza de Chile a Argentina por donde van miles de kilómetros y, después, tienen que volver a cruzar la frontera hacia Chile cruzando los Andes del sur camino a Osomo y después sur hasta Puerto Montt... ¡Chicos!, ¿no miraron el mapa?

- ¿Sandro? - dice Linda.

- Me tocaba a mí, perdón, no lo noté, gracias por traerlo a mi atención. Quizás esto nos lleve a usar buses donde no retienen información respecto a los pasajeros.

- Podrían volar hasta Santiago y de allí tomar otro avión a Valdivia, donde podrían encontrar un velero que puedan comprar para llegar a Puerto Montt. Hay que ver estos asuntos con mucho detalle para evitar sorpresas.

Sugiero que cuando terminemos aquí, se reúnan ustedes para examinar este plan con más detalles - ofrece Antonio.

- Pero si van a volar - dice Manuel -, no van a poder llevar armas. Tendrán que conseguirlas allá de una forma u otra.

- Disculpen, entiendo que tendremos que volver a revisar la transportación - dijo Sandro y prosiguió. - Sobre el hospedaje, queremos evitar dejar rastro de nosotros en hoteles. Si nos quedamos en moteles baratos dando dinero de contado no van a hacer muchas preguntas. Vamos a tener que cambiar las caras de las chicas para que no se vean tan bonitas y atraigan atención. Linda sabe mucho de maquillaje y asegura que se encarga de eso eligiendo vestidos sueltos; también esconderán sus figuras. Preparamos un paquete con la laptop y los folios que encontramos y se lo mandaremos a Interpol. Ya borramos la información respecto a las chicas. Preparamos un folio electrónico con la información de la laptop, formateamos su disco duro y volvimos a instalar la información que había quedado de la laptop. Fue lo mejor que pensamos para borrar lo nuestro y todavía mandar el sobrante a Interpol. Si alguien sabe de algo mejor, por favor hable.

- Para localizar al jefe, buscamos en la laptop y localizamos dos direcciones que nos podrían llevar a él. Alternativamente, podemos buscar al hombre que amarramos en la casa donde estuvimos. Lili nos hizo un dibujo del hombre que todas las chicas dicen es muy bueno. Lo capturamos y lo convencemos que ayudarnos mejorará el futuro de su vida, pero, cuando encontremos al jefe, ¿cómo le hacemos? Les sugerí llevarlos a un sitio recóndito, echar gasolina dentro de su auto, y prenderlos en fuego. Merci sugirió que antes de prenderlos en fuego o matarlos de alguna otra manera, ella puede ponerles una inyección para que no sientan nada. Nos pareció buena idea. Luis dijo que lo del fuego atraería mucha atención y sugirió que compremos un velero y, después de que Merci los inutilice, los llevemos a bordo. Compramos y llevamos a bordo unos cubos plásticos, y un cemento que seque rápido. Camino a alta mar, le ponemos una pierna a cada uno dentro de un cubo que llenamos de cemento.

Cuando esté seco el cemento, a más de cien millas de la costa, los tiramos al mar. El problema con esto es el costo del velero y qué hacer con él después. Pensamos que ustedes nos podrían ayudar a decidir cuál opción tomar. Habíamos pensado regresar en el SUV. Tenemos que volver a planear esto como parte de la transportación. Estimamos que podemos completar el plan en tres semanas o menos. Por favor, déjenos saber si tienen una objeción o sugerencia que ofrecer. ¿Lili?

- Aparte de la transportación, me parece bien pensado, pero creo que deben estar preparados para decidir tomar una acción diferente si lo ameritan las circunstancias en cualquier momento. Quizás, por cualquier razón, les sea más conveniente o inteligente, navegar de regreso, o tomar un bus. Quizás, encuentran que hay dos personas con armas a las que, después de dispararles, les pueden colocar las armas en sus manos para aparentar que ellos se mataron entre sí, aunque no estoy segura que esta sea una buena idea, lo que quiero decir es que ustedes deben alterar su plan si las circunstancias lo requieren.

- ¿Antonio?

- Me parece que van a tener que hacer un balance entre lo que Lili dice y continuar con su plan toda vez que sea posible.

- ¿Mili?

- La disposición en la mar parece buena idea siempre y cuando puedan llevar la gente al velero sin que nadie los vea, pero después, ¿qué hacen con el velero? Por otro lado, si van a un sitio desolado con un auto de ellos y su SUV, podrían dejarlos inconscientes en su auto y ponerle una mecha de tiempo al fuego dándoles tiempo para alejarse antes que se encienda el auto.

- Parece buena idea, Mili, ¿cómo creamos la mecha?

- No sé. Vi en una película que cogieron un cordón, lo humedecieron, y lo polvearon con pólvora. Cuando se secó, lo encendieron en un lado y la llama corrió hasta el otro lado. Si la llama no corre hasta el final, no trabaja, y hay que calcular cuánto tiempo les da la mecha.

- Buena idea. Quizás podamos probarlo cuando pisemos tierra, ¿otra idea o comentario?

- Deben llevar dinero extra para cubrir cualquier contratiempo - dice Manuel.

- ¡Seguro! Buena idea, ¿algo más?... Entonces probamos lo de la mecha y si no nos trabaja, vamos con otra según encontremos las cosas, ¿de acuerdo? Si alguien tiene objeción, levante la mano. ¿Linda?

- Sin objeción, pero, ¿qué tal si hacemos un karaoke como de fiesta de celebración? Me gusta la idea de mantener una actitud positiva.

- ¿Antonio?

- Me parece bien. Me he estado preocupando por la suerte de las personas que van a Puerto Montt. Creo que es un sentimiento que todos tenemos. Pensemos que todo saldrá bien. Un karaoke y un par de tragos podrían ayudarnos a mantener una actitud positiva.

Con el mar un poco alborotado, los cielos nublados, y Lili de guardia, se dispersan a sus labores o a sus camarotes un poco preocupados. Linda y Sandro llegan al camarote de este último y Linda dice:

- ¡Sandro!

- No me puedes castigar más de lo que me estoy castigando yo mismo. ¡Qué estupidez! No sé si me atrevería a mostrar la cara en este barco otra vez.

- Sí, fue un grave error, pero ven acá, lo aceptaste como un hombre y prometiste corregirlo. Nadie puede hacer más, cariñito. Estoy orgullosa de ti, ¿te gustaría recostarte a tomar una siesta o a jugar un poco?

- Gracias. Sí mi amor.

Los abrazos y besos son un poco difíciles cuando el barco baila entre las olas, pero el amor lo vence todo.

Capítulo 15 - ¿Será Que Los Sueños, Sueños Son?

Manuel mira al cuerpo de Lili y sin querer se excita. Siente cómo su miembro se inflama y no puede esconderlo porque está acostado y los dos están desnudos en la playa. Lili sentada mira hacia Manuel y ve su miembro parado queriendo explotar y dice:

- ¡Ay bendito! Pobrecito, necesitas ayuda Manuel. Quédate ahí, yo te ayudo.

Se le trepa encima y coloca el miembro de Manuel entre sus piernas y suavemente se baja hasta estar totalmente sobre su cuerpo con sus nalgas apretadas sobre sus muslos. Manuel suelta un suspiro y Lili empieza a moverse poco a poco hacia delante y luego hacia atrás y un poquito de lado a lado. Manuel, viendo sus senos al aire, los agarra, empieza a acariciarlos, y levanta su rostro para llevarlos a su boca y besarlos y lamerlos y chuparlos agarrándose de la espalda de Lili para luego volverse a acostar en la arena. Lili baja su rostro para besarlo profundamente en la boca y luego se sube y empieza un rítmico movimiento cada vez más rápido, su respiración se oye ronca y luego dice:

- Ay, ay, ay, Manuel ¡Qué rico! - Y se deja caer sobre su cuerpo.

Manuel abre los ojos, ella levanta delicadamente el cuerpo sobre el de él, y ve la hermosa cara de Mili con sus ardientes cabellos cayéndole por los lados del rostro que sonriéndose le dice:

- Parece que estabas soñando. Te oí llamar a Lili, vi cómo se te paró y me aproveché. Sueña más. Oye, y todavía estás duro, ¿no te viniste?

- Ay amorcito, déjame arriba por favor.

Ahora es Manuel el que se menea rítmicamente mirando los grandes ojos de Mili y saboreando sus labios, agarrando sus nalgas aumenta la velocidad de sus movimientos envistiéndola ahora y la oye decir:

- Sí mi amor, vente, vente con tu mami.

- Sí mami, sí, sí, sí, ¡ay cariño!

- ¡Que rico te viniste, amor! - le dice acariciando sus cabellos. Quiero que tengas más sueños de mis amigas para que los pueda disfrutar yo, cariñito, pero no piensas hacerlos realidad, ¿verdad?

- No, mi amor, ¡no hay nadie como tú! ¡Te adoro!

Y así, según se va durmiendo Manuel, se queda pensando, "¡Qué rico sueño! A mí también me gustaría tener más sueños así. Sueños de Linda, de Merci, Lili, en verdad de todas. Esa rubia coqueta..."

Mili poco a poco se queda dormida agarrada del pene de Manuel y no siente como muestra un poco de vida. Quizás lo agarra para que no se les vaya a otros lares o para aprovecharse de la visita de otro sueño inesperado.

Capítulo 16 - Planeando Rutas

Reunidos todos en la Sala de Control, Antonio dice,

-Tenemos que planear la ruta que vamos a tomar, el lugar donde vamos a parar, y el lugar donde vamos a esperar a que regrese nuestro equipo. Aunque hay puertos en el área del pasaje Drake, están en la zona de Argentina y los argentinos son más curiosos que los chilenos de los barcos que llegan y salen de sus puertos. Parece que esto nos lleva al Estrecho de Magallanes. La cantidad de barcos que pasan por allí quizás nos forzarán a usar el motor de vez en cuando para evitar choques. Pensamos en llegar a una de las comunidades menos usadas, como Puerto del Hambre o Leñadura. Pero Luis nos corrigió diciendo que era improbable que estas comunidades ofrezcan los suministros que necesitamos para el barco, y los comestibles. Además, siendo uno de los pocos barcos que llegan, atraería gran curiosidad. Así que Punta Arenas es el lugar lógico para nosotros, ¿qué creen ustedes?, ¿alguna sugerencia?... Okay, entonces solo queda decidir qué hacemos mientras esperamos el regreso de nuestro equipo, ¿sugerencias?

- ¿Estaría fuera de lugar si investigamos las diversiones que se ofrecen en el área a través del internet? Cuando anclemos en Punta Arenas disfrutamos de esas diversiones - dice Mili.

- Ay, no sé, Mili. Con nuestro equipo camino al peligro, ¿cómo se ve que busquemos divertirnos? - dice Antonio.

- Es lo mejor que pueden hacer para no estarse preocupando por nosotros, qué van a hacer, ¿encerrarse en los camarotes y morirse de pena? No sean tontos, la diversión los mantendrá alertas y con las mentes claras.

Los queremos así por si acaso necesitamos su ayuda. Solo se aseguran de tener los celulares y que estos tengan señal de servicio y eso es todo. -interviene Merci.

- De acuerdo - dice Luis con Linda y Sandro accediendo con movimientos de cabeza.

- Bueno - dice Antonio -, ¿alguna otra cosa?... Sí, Merci.

- Estamos viviendo en un espacio relativamente pequeño. Con tanta gente linda, sensual y saludable, es natural que hombres y mujeres tengan visiones o sueños sexuales de unos y otros. No debemos castigarnos los unos a los otros o a nosotros mismos por eso siempre y cuando lo mantengamos en eso y no tratemos de tener alguna acción sexual fuera de nuestras parejas, ¿algún comentario?

- ¿De veras que las mujeres también? - dice Sandro.

- Tranquilo, muchacho- dice Linda - espera a la noche para eso.

- Ey, veo una lancha a babor - dice Manuel.

Antonio toma los binoculares y ve una lancha inmóvil sin indicios de vida.

- Tráela al viento, Luis. Vamos a ver de qué se trata.

- La última vez...- empieza a decir Luis -, siendo interrumpido por Sandro.

- Sí, pero no resultó mal. Vamos a ver.

- Luis, baja la lancha de motor y mira a ver qué está pasando en esa lancha.

- Yo voy con él - dice Merci.

- Bueno - dice Antonio.

Con la grúa eléctrica, Luis baja la lancha del techo de la Sala de Control hasta el agua. Luis y Merci bajan a la lancha agarrándose de las escaleras de sogas, prenden el motor y sueltan el cable de la grúa. Al rato llegan a la lancha y llaman:

- Hola, ¿hay alguien a bordo?... ¡Hola!

- ¿Quién es? - dice una voz femenina saliendo de la lancha Nueva Salinas.

- Amigos - dice Merci - Venimos a ver si necesitan ayuda.

Sale una mujer como de los sesenta de cuerpo lleno, ojos y pelo oscuros, con la frente arrugada y voz inquieta y dice:

- ¡Gracias a Dios! Por alguna razón, la lancha dejó de trabajar hace un par de días y mi esposo no sabía cómo arreglarla, y ahora se ha enfermado de la ansiedad.

- Yo soy doctora, ¿nos permite subir a bordo para ver si la podemos ayudar?

- Seguro, por favor.

Merci examina al hombre que está medio inconsciente y determina que está en muy malas condiciones.

- Señora, tenemos que llevar a su esposo a nuestro barco para poder examinarlo mejor. Déjeme llamar a mi capitán para pedir ayuda.

- Por supuesto.

- Antonio, hay un señor en necesidad de atención médica y lo tenemos que llevar a La Esperanza. Puedes traerla aquí para facilitar el traslado. Esta lancha, la Nueva Salinas, dejó de trabajar. Quizás Sandro y Mili pueden encontrar cual es el problema.

- Bien. Saca una línea de la Nueva Salinas a nuestra lancha, cuando estemos cerca, nos la tiras para halarla hacia La Esperanza.

Completado el proceso, con ayuda de Manuel y Sandro, suben a la pareja a bordo y al señor a la enfermería donde Merci empieza el examen. Antonio le pide a Sandro y a Mili que vean qué pueden hacer con la lancha de la pareja y lleva a la señora a la sala de estar de La Esperanza y trata de consolarla.

- Mire señora, Merci es una gran doctora. Ella atenderá bien a su marido, ¿me puede decir qué pasó?

- Mi esposo es Santiago Barranca. Mi nombre es Blanca. Mi esposo está retirado. De vacaciones en Punta Arenas, decidió dar un paseo en lancha. Yo le pedí que contratáramos un capitán, pero lo quiso hacer él mismo. No es que tenga mucha experiencia con lanchas de este tamaño y después que oímos un ruido, quizás un trueno, la lancha dejó de trabajar. El radio también estaba muerto. No sabíamos qué hacer y la lancha se alejaba más y más de la tierra, y de pronto ya no la veíamos. Santiago, desesperado, se desmayó y yo no sabía qué hacer, ¡ay Dios!, si ustedes no hubieran llegado, no sé qué hubiera sido de nosotros. Y mi marido...

- Tranquila. Haremos lo que se pueda para resolver el asunto. - Llama a Linda.

- Linda, ¿tendrías la amabilidad de atender a la señora Barranca?, estamos en la sala de estar.

- Seguro, en seguida voy.

Antonio sube a la Sala de Control y le pregunta a Luis:

- ¿Qué encontraron Sandro y Mili?

- Parece que un rayo le pegó a la Nueva Salinas y se cayó el cortacircuitos principal. Sandro conectó el circuito y arregló unas conexiones sueltas y ahora los motores de lancha prenden. La radio está trabajando también.

- Bien. Gracias Luis, voy a ver cómo está el señor.

Cuando llega a la enfermería, encuentra a Merci ocupada con el señor Barranca.

- ¿Cómo la ves?

- Es serio. Debemos comunicarnos con un cardiólogo en Punta Arenas, ¿me puedes conectar? Consígueme su correo electrónico para mandarle el electrocardiograma que acabo de completar.

- Seguro. tan pronto tenga la conexión te llamo. - Sube a la Sala de Control para llamar a Punta Arenas.

- Esta es La Esperanza con una emergencia médica. Cambio. - Repite la comunicación hasta que le contestan.

- Servicio Costero de Chile, ¿Cómo le podemos ayudar?

- Tenemos una emergencia médica. Necesitamos comunicarnos con un cardiólogo para consultar el caso de un señor llamado Barranca que se encuentra en grave estado.

- ¿Se refiere usted a Santiago Barranca?

- Sí, lo encontramos en una lancha descompuesta. Nuestra doctora lo está atendiendo, pero quiere consultar un cardiólogo enseguida. Es asunto de vida o muerte. Ayúdennos por favor. Necesito el correo electrónico del cardiólogo para enviarle los resultados de los exámenes que hemos hecho aquí.

- Deme un momento para coordinar. Ya lo está haciendo un subordinado. El correo electrónico es drmedina.cl, ¿me puede decir donde están ahora?

- Sí, un momento, en lo que encuentro la información. Estamos en la entrada del Estrecho de Magallanes en las coordenadas 52°23'25.8 S 75°22'15.0 W.

- Voy a mandar un helicóptero en su dirección. Aquí está el cardiólogo Medina.

- Doctor le estamos enviando el resultado del electrocardiograma del señor Barranca a su correo electrónico. Por favor esté atento a recibirlo para que nos pueda decir lo que debemos hacer.

- Muy bien. Envíelo. Aquí lo espero.

- Merci, el correo es drmedina.cl., y el doctor Medina lo está esperando.

En unos minutos, Merci termina la consulta con el Dr. Medina, le provee medicamento a Barranca y se entera que la costanera envió un helicóptero a buscar el paciente.

- ¿Cómo está? - pregunta Antonio.

- Estabilizado. Creo que llegará bien a Punta Arenas donde Medina espera que llegue como de tres a seis horas.

- ¿La señora?

- Se queda con nosotros.

- Va a querer llegar a Punta Arenas en seguida. A nosotros nos va a tomar de uno o dos días, ¿y la Nueva Salinas?

- Mili dice que aparte de la gasolina, está en condiciones. Llegaría como de cinco a diez horas a Punta Arenas.

Antonio llama a Mili,

- Mili, ¿crees que tú y Manuel pueden llevar a la señora Barranca a Punta Arenas en la Nueva Salinas para que llegue lo más rápido posible?

- La Nueva Salinas no tiene GPS, pero creo que Luis trajo uno de La Estrella, ¿no?; creo que con eso y con los tanques de gasolina de La Estrella podemos llegar relativamente rápido.

- Bien. Llévate algún dinero para el viaje. Habla con la señora para que le expliques el plan y le asegures que todo va a ir bien. Si está de acuerdo, le explicas a Manuel el plan indicándole que, si tiene alguna pregunta, se comunique conmigo, ¿de acuerdo?

- Sí. Te dejo saber cómo me va.

En dos horas, se oye el motor del helicóptero acercándose a La Esperanza. Por la radio, el piloto pide que lleven a Barranca a un sitio descubierto donde lo puedan poner en la camilla para subirlo al helicóptero. Llevan a Barranca a la proa donde lo suben a la camilla. En un momento su señora lo besa y le dice adiós, el helicóptero lo sube a su cabina, y se va camino a Punta Arenas. La señora sube a la Nueva Salinas ya con GPS, gasolina, Manuel y Mili, y arrancan hacia Punta Arenas. Aunque están aproximadamente a ciento cincuenta kilómetros de Punta Arenas, la necesidad de navegar donde puede haber mucho tráfico naval y sea posible que haya vientos inesperados, les obliga a Merci y a Luis, navegar con cautela. Esto hace su viaje mucho más lento que el de la Nueva Salinas. Merci y Luis están de guardia atentos al radar y a lo que puedan ver. Con Sandro y Linda en el fogón y Antonio y Lili esperando su turno de guardia, La Esperanza comienza su viaje a través del Estrecho de Magallanes con un mar relativamente tranquilo y vientos viniendo del noroeste inclinándola un poco hacia babor.

Capítulo 17 - Punta Arenas

Con las mayores velas del trinquete amarradas a sus vergas, La Esperanza va de cuatro a cinco nudos cerca de la orilla sur del Estrecho de Magallanes con Antonio preparado a encender el motor a la primera vista de mucho tráfico o imprevistas ráfagas de viento. En realidad, va a navegar cerca de treinta kilómetros antes de llegar la Península Córdova donde empezará a estrecharse un poco la ruta, y unos veinte más para llegar al estrecho creado por la Isla Carlos III, donde tendrá que navegar hacia el noreste por un pasaje estrecho para enseguida regresar al sureste por un pasaje igualmente estrecho. Aunque estos estrechos tienen un ancho de alrededor de un kilómetro, Antonio se siente más cómodo navegando La Estrella con más espacio, considerando que está compartiendo el estrecho con otros barcos, y que ráfagas de vientos pueden hacer complicado el control del barco navegando con velas, pero con la barriga llena con la rica sopa de pescado de Sandro, respira hondo para relajarse. Además, piensa que, con Lili a su lado, puede compartir la responsabilidad de mantener el barco en ruta.

- ¿Todo bien, Antonio?

- ¡Sí, cariño!, contigo a mi lado, todo es bueno.

- Me alegro. Tranquilo, amor.

Más fue el estrés y la ansiedad por lo previsto, que la experiencia actual. Pasaron sin dificultades. Le pasaron la guardia a Sandro y a Linda y La Esperanza pasó el Cabo Froward y se dirigió rumbo norte hacia Punta Arenas. En diez y seis horas hicieron puerto y llamaron a Manuel.

- Manuel, es Luis, ¿cómo te fue?

- Muy bien gracias. Llegamos en ocho horas y Doña Blanca, después de llamar a no sé quién, se fue enseguida a ver a Don Santiago al Hospital Naval de las Fuerzas Armadas. Barranca ya está bien, está descansando. Dice el Dr. Medina que sin la ayuda de Merci, hubiera muerto. Luego un oficial nos llamó para decirnos que éramos huéspedes de los Barranca en el Hotel Dreams del Estrecho. Nos trajeron aquí y van a ver qué gran hotel. Vénganse enseguida, nos va a llevar el hijo de ellos a almorzar. Tienen dos o tres horas para llegar y prepararse.

- Antonio y Lili están durmiendo. Acabaron su guardia a las cuatro. No sé si los despierto.

- Mejor si se pueden tomar una siesta después del almuerzo. Ya vénganse, hay tres cuartos separados a nombre de Merci.

Llegan al hotel y se maravillan ante sus curvilíneas formas llenas de ventanas cristalinas y su entrada al estilo del Partenón griego. Se bajan del taxi y Merci se acerca al mostrador de recepción y se identifica:

- Mi nombre es Mercedes González. Creo que tienen tres habitaciones reservadas para mí.

- Doctora González, por supuesto, aquí están sus llaves. Tienen habitaciones en el sexto piso con vista al mar. Si necesitan algo, por favor déjenme saber. Soy Rodríguez. Cualquier cosa que necesiten, yo estoy aquí para ustedes.

- Gracias, Rodríguez.

Del mostrador de recepción llegan a las habitaciones que parecen de gran lujo después de pasar tanto tiempo en pequeños camarotes, y Antonio les dice:

- Creo que me voy a la cama, ¿tú, Lili?

- Sí.

- Bien, pero sólo por unos minutos. A las doce tenemos que ir a almorzar.

- Okay. Despiértennos a las once y media.

Los recogen en la salida del hotel y los llevan al Restaurant Damiana Elena. Alrededor de una gran mesa se sientan con Miguel Barranca entre Antonio y Lili. Después de una suntuosa cena, tomando café, Miguel les dice:

- Estoy sumamente agradecido por haberle salvado la vida a mi padre. Su acto fue desinteresado y fortuito. Sin Merci a bordo y un capitán dispuesto a ayudar, no hubiera sobrevivido. Yo soy el Jefe de la División de Investigaciones del Ministerio del Interior y Seguridad Pública de Chile, esto quiere decir que estoy a cargo de la policía en Chile. Por otro lado, mi padre fue uno de los comerciantes más importantes de Chile antes de retirarse. Así que quisiera ofrecerles una recompensa monetaria o facilitarles la resolución de cualquier problema que tengan, y les aseguro confidencialidad completa.

- ¿Lili? - sugiere Antonio.

- Señor Barranca...

- Miguel, por favor.

- Miguel, de ninguna manera podemos aceptar dinero por lo que hicimos y en cuanto a favores, aun eso me avergonzaría pedirle. Su querida mamá, Doña Blanca, es un ser muy querido y Don Santiago, aunque estaba en muy malas condiciones, se comportó como un gran caballero. Son muy pocas las personas que pueden mantener un buen comportamiento en momentos difíciles. Le tenemos un gran respeto a su padre.

- Lili y Antonio, ustedes me harían un gran favor si me dejaran de algún modo ayudarles en algo.

- ¿Antonio?

- No creo, Lili.

- Perdone, Miguel. Antonio, ¿no crees que debiéramos consultarlo con los demás? - dice Lili.

- Si así lo crees, Lili. Miguel, ¿me permite que discuta esto con el resto de mi grupo antes de confiarle un asunto?

- Desde luego, voy a estar aquí hasta mañana. Después de eso, se pueden comunicar conmigo por teléfono, aquí está mi tarjeta. ¿Están listos para regresar al hotel?

- Sí.

Se reúnen en la suite de Merci a discutir la oferta de Miguel.

- Queríamos estar incógnitos en Punta Arenas. Ya nos podemos olvidar de eso - dice Linda.

- Cierto - dice Mili -, y ahora, ¿cómo le hacemos?, ¿el jefe de la policía de Chile?, ¿no podíamos encontrar otra persona con quien compartir todos nuestros datos personales?

- ¿Qué crees de Miguel, Lili? - pregunta Antonio.

- Pues me pareció un hombre cabal: honesto y sincero.

- Por lo que dijo, creo que él ya sabe algo. No sé cómo, pero si eso es cierto, creo que debemos confiar en él - dice Merci.

- Bueno, hasta ahora no hemos hecho nada malo. Le podemos decir lo que nos pasó a ver qué responde - dice Linda.

- Y, ¿abandonamos el plan de ir a Puerto Montt? - pregunta Luis.

- Yo creo que ya eso va a ser imposible - dice Manuel.

- ¿Y si le decimos del plan que teníamos? - pregunta Sandro.

- ¡Locura! - dice Antonio -, ¿decirles que teníamos un plan para matar una gente en Puerto Montt al primer policía de Chile?, ¿estás loco?

- Como hasta ahora no hemos matado a nadie, decirle que íbamos a matarlos no me parece locura. Después de todo, ¿no están diciendo que ya no lo podemos hacer? Eso le haría saber cuán desesperados estábamos con esto y quizás lo incentivaría a ayudarnos - ofrece Sandro.

- Y ahora, ¿no estamos más desesperados porque ya no podemos efectuar nuestro plan? - dice Luis. En situaciones desesperadas, propuestas increíbles. ¿Qué piensas, Antonio?, ¿todavía locura?

- Me parece que tenemos que confiar en él. Solo nos falta decidir si le vamos a decir todo. ¿Les parece que votemos a ver que quieren hacer?

- Sin objeción, vamos a cortar estos papeles hasta dejar ocho papelitos. Tenemos tres opciones. Escriban todo, poco, o nada. Envuelvan los papelitos y tírenlos aquí, en la gorra de Manuel. Que Lili se ocupe de ver los resultados.

Acabado el voto, Lili toma la gorra y empieza a leer:

- Todo, todo, todo, todo, todo, todo, todo, todo. Creo que no tenemos un acuerdo, ¡gente loca! ¡culpa tuya, Sandro, tu idea!

- Tú tienes la tarjeta, Antonio, llámalo y pídele que venga aquí y le decimos todo - dice Lili.

- Tú eres la que mejor se expresa, tú díselo - dice Mili.

- Okay.

Llega Miguel, y Lili le dice todo y le entrega la laptop y los folios que sacaron de la casa azul.

- Bien, ahora veo por qué tenían a bordo de la Nueva Salinas dos tanques de gasolina de La Estrella, una lancha reportada robada en Puerto Montt y también dos motores de La Estrella en La Esperanza junto con unas armas que hemos estado buscando. Hace mucho tiempo mi departamento ha estado tratando de acorralar a Juan Lebrón. Tenemos sospechas de muchas actividades criminales: tratante de blancas, prostitución, y drogas. Es sospechoso de asesinatos y raptos. Lo hemos tratado de llevar a la justicia en dos ocasiones. En ambos casos, los testigos renegaron o murieron antes del juicio y, ¿ustedes creen que pudieran terminar con él? ¡Increíble! Volar, guiar, capturar, eliminar, y regresar, ¡un sueño!

- La necesidad obliga - dice Antonio. No queremos pasar el resto de nuestras vidas mirando hacia atrás. Y si usted se enteró, quizás Lebrón ya sabe dónde estamos. Nuestras vidas están en peligro.

- Su plan es tan loco que podría trabajar. Les puedo dar la dirección de Lebrón. Deben tener mucho cuidado con su más cercano ayudante, Héctor. Es un criminal sin consciencia y creo que un asesino también. Mi padre tiene un avión aquí donde caben todos. Su barco estará seguro aquí. Puedo conseguir permiso para volar a Puerto Montt sin tener que decir quién va en el avión. En Puerto Montt, el piloto los llevará a un edificio donde conseguirán una Van. Les sugiero que desde que se vayan a montar en el avión hasta que regresen, tengan guantes y sombreros puestos que escondan su cabello. Todavía tienen las armas que encontraron en La Estrella, usen esas. Si consiguen su objetivo, llamen a este número para que esté listo el avión. Si encuentran dinero, tómenlo. Si se meten en problemas, no hablen, me llaman. Memorícense mi teléfono, no lo tengan escrito. ¿Qué preguntas tienen?

- ¿Por qué hace esto? - dice Antonio.

- Dos razones: quiero salir de Juan Lebrón y quiero ayudarlos. Me parece justo que personas mal afectadas por sus actividades criminales lo ajusticien, ¿suficiente?, ¿cuándo quieren salir?

- Si vamos a hacer esto, vámonos ya, antes que los matones de Juan Lebrón lleguen aquí - dice Luis.

- ¡Espera! - dice Merci -, vamos a necesitar inyecciones para adormecerlos; heroína para que mueran de una sobredosis de la droga; cuatro dardos como los que usan los biólogos para adormecer animales de gran tamaño y dos rifles para dispararlos, si los disparo a un hombre, quiero que caigan achocados instantáneamente; bolsas para cargar cualquier dato o dinero que encontremos, y cuatro bolsas para cargar cadáveres.

- ¡Centellas!, mejor ni me dejen saber para qué. Tendrán las inyecciones, los rifles de dardos y los dardos, y las bolsas de cadáver en el avión o en el van cuando lleguen a Puerto Montt. Pueden comprar las otras bolsas en una tienda local. Compran guantes, gorras y bolsas, y la limosina los lleva al avión. Llevan consigo el dinero que sacaron de la casa azul. Luego llegan a Puerto Montt, encuentran la Van, la llenan con su equipo de caza, y salen hacia la casa de Juan Lebrón.

Una cosa es hablar de hacer algo peligroso en el futuro y otra muy distinta es encaminarse a hacerlo. Todos están más o menos nerviosos, callados, e introvertidos.

Capítulo 18 - La Caza

Interrumpiendo el silencio, Luis dice:

- ¿Merci, amor, para qué quieres los rifles de dardos y los dardos?

- Por si hay alguien de guardia, para ponerlos a dormir.

- Y, ¿las bolsas de cadáver?

- Por si hay alguien de guardia para llevarlos a algún sitio donde descansen eternamente.

- Recuérdame nunca hacerte mi enemiga, mi amor.

Un coro de risas llena la Van rompiendo la tensión.

- Bueno - dice Antonio -, sabemos a dónde vamos, pero quién tiene idea de lo que vamos a hacer.

- Creo que Merci tiene el principio de un plan: dispararle con dardos a los que puedan estar de guardia - dice Luis -, cuando estén dormidos, entrar a la casa.

- Sí, pero, ¿cómo entramos? - dice Manuel.

- ¿Qué tal si tocamos el timbre?, los de la casa seguro piensan que están seguros con los hombres de guardia - dice Sandro.

- Pero, ¿no van a tener un ojo mirador en la puerta para ver quién toca? Si ven a una persona desconocida no van a abrir - dice Luis.

- ¡Pues yo toco!, a mí ningún hombre me va a negar abrir su puerta - dice Linda.

- Sí, pero cuando no estás disfrazada como ahora. No me parece buena idea que te descubras - dice Sandro.

- ¡Mi protector! - dice Linda -, alguien tiene que hacerlo. Me parece que una de nosotras conseguirá que abran la puerta.

- ¡Entonces yo! - dice Merci -, las pelirrojas y las rubias son menos comunes aquí, y Lili es demasiado... ya saben... soy la que menos será reconocida.

- Después de la atención que atrajiste en Puerto Montt? - dice Lili. Seré yo quien lo haga, ¿de acuerdo?

En silencio, Lili se quitó la gorra, arregla su cabello, se pinta la cara, y se abre el botón de arriba de su blusa dejando entrever el comienzo de sus senos esplendorosos.

Antonio la admira pensando: "¡Ni María Félix! ¡Hasta un santo le abriría su puerta! Dios mío, que nada le pase por favor."

Pero Lili es mucho más que una mujer hermosa. Es una persona muy inteligente, segura de sí misma, de fácil expresión, educada en el arte de combate, y muy fuerte. La persona, hombre o mujer, que pretenda atacarla se llevaría una desagradable sorpresa como le pasó a Mecano. Llegan a la casa de Lebrón que más que casa es una villa y la pasan de largo. Como a cien metros se paran a discutir la acción. La Van negra sin ventanas, se integra a la oscuridad de la noche en aquel sitio despoblado. Solo con los focos encendidos puede declarar su presencia. Al pasar vieron que la villa estaba rodeada de una barda de dos metros de altura. Pudieron ver a un hombre en una casilla, a la entrada, frente a un enorme portón de hierro. Es un edificio de un solo piso como de quince metros por veinte metros, pintado de una crema airosa con un techo de tejas rojas que parecían ser de cemento con las luces dirigidas a la casa desde los alrededores. Al otro lado de la estrecha calle, hay un área repleta de árboles. Entre la barda y el frente de la casa que está acentuado por una puerta de dos metros y medio de altura que parece de ébano por su negruzco color, hay como veinte metros. El camino de cemento dentro de la villa arquea hacia la derecha para llegar al frente de la casa que tiene un techo extendiéndose de la casa de cinco por ocho metros para ofrecer una entrada protegida de las inclemencias del tiempo.

- ¿Cómo le hacemos? - pregunta Mili.

- Yo guío a la casilla. Merci, tú le vas a disparar al tipo de la entrada con un dardo. La pregunta es ¿cuándo?, ¿antes de que abra el portón, cuando vaya a inspeccionar la Van por la puerta de atrás, o después que entre el van a la villa? - dice Lili. Si antes o después que abre o cierre, quizás no podamos abrir el portón, ¿qué tal si le disparas cuando la Van esté en medio de la entrada? Normalmente estos portones no cierran cuando hay un vehículo en la entrada, eso le dará tiempo a los demás a montarse en la Van. Merci, tú te vas con los demás por la orilla escondidos tras los árboles de al frente para que estés preparada para dispararle al guardián. Yo espero a que lleguen antes de dirigirme a la entrada.

- Y qué le dices al guardia para que te deje entrar? - dice Antonio.

- Que vengo a devolverle el dinero que me llevé con las mujeres que ellos están buscando porque no quiero que me persigan o me vayan a hacer daño. Creo que con eso me abren el portón y me están esperando en la casa para abrirme la puerta. Merci, creo que van a haber más hombres fuera de la casa, sería bueno que los encuentres y los inutilices con dardos después que entremos a la villa.

- Buena idea, Lili - dice Merci.

- Y nosotros, ¿qué pito tocamos? - dice Manuel.

- Ustedes se bajan de la Van por la puerta de atrás cuando estemos en la puerta de la casa. Yo les hago señales de que salgan si no hay nadie vigilando el vehículo, de otra manera, ajustamos la acción según nos permitan las circunstancias. Yo me acerco a la puerta y cuando me abran, Sandro y tú, envisten la puerta con las pistolas preparadas para disparar. Espero que entre los tres podamos atrapar la gente que esté adentro cuando nos abran la puerta. Luis y Antonio se quedan para encargarse de cualquier persona que venga porque oiga ruido. Ojalá que no sean muchos los de adentro. Mili y Linda están de reserva por si alguien necesita ayuda - dice Lili.

- ¿Qué hacemos si esto no trabaja exactamente como dices? - pregunta Luis.

- Recordarnos que vinimos aquí con un propósito y tratamos de completar ese propósito de cualquier manera. Si alguien cae herido, recuerden: completamos lo que vinimos a hacer y después nos ocupamos de los heridos o de los muertos, ¿de acuerdo? - dice Lili.

- ¿Cómo de los muertos? - dice Luis.

- Vamos a hacer algo peligroso. Lo que quiere decir Lili es que algo nos puede pasar y que tenemos que continuar con nuestro propósito no importa lo que pase. Con esa actitud vamos a estar dedicados hasta el fin. Si nos paramos a ver qué le pasó a quién, ponemos a los demás en peligro - dice Antonio. Yo sé que cada uno de nosotros tiene el amor de su vida aquí, pero no podemos dejar que eso nos nuble la mente ante este peligroso asunto. Si todos nos dedicamos a la tarea que nos toca, tendremos mejor oportunidad de alcanzar nuestro objetivo rápidamente.

- No me gusta, pero sí. Entiendo - dice Sandro.

- Entonces váyanse ya - dice Lili.

Con Lili esperando en la Van, el grupo se mueve sigilosamente hacia el área al frente de la entrada de la villa. Lili les da treinta minutos y comienza a ir hacia la entrada. Cuando llega a la puerta, con su mejor sonrisa, Lili le dice al guardián:

- ¿Es esta la casa del señor Lebrón?

- Así es - le responden.

- Necesito verle.

- ¿Para qué?, se lo tengo que decir a los de la casa para que me digan que la deje pasar.

- Dígale que yo soy una de las cuatro mujeres que escapó de la casa azul, y vengo a devolverle su dinero.

El guardián entra a la casilla y habla por teléfono un momento para luego regresar a inspeccionar la Van por la puerta trasera. Satisfecho, regresa a la casilla y abre el portón quedándose al lado del chofer, admirando a Lili la que empieza a entrar por el portón y se detiene a medias justo cuando el guardián gira hacia los árboles y cae al suelo. Manuel y Sandro corren a agarrarlo y meterlo en la casilla. Luego, los demás menos Merci, entran en la Van por la puerta trasera. Merci corre hacia el lado izquierdo de la casa manteniéndose cerca de la barda. El vehículo continúa hasta llegar al frente de la villa, un poco antes de la puerta de entrada, donde Lili le señala al grupo que se pueden bajar.

Los hombres se bajan del transporte con Sandro y Manuel acercándose a la puerta, pegados de la pared del lado derecho de la villa. Lili se baja, llega a la puerta, y toca el timbre. Después de un momento, se abre la puerta y un hombre alto y fornido de lizos cabellos negros y un bigote estrecho bajo su estrecha nariz, vestido con camiseta sin mangas y pantalones cortos, mostrando grandes músculos, desde el umbral, con su boca entreabierta examina a Lili vestida con blusa de seda negra y pantalón también negro haciendo juego con su pelo nacarado que ha dejado suelto y que baila suavemente con la brisa y sus brillantes ojos de un negro mar sin fondo. Inexplicablemente, Héctor cae al suelo agarrándose el lado izquierdo del pecho. Solo entonces Lili nota el dardo protuberante en el pecho del caído, y retrocede para señalarle a Sandro y a Manuel que entren y cierren la puerta. Afuera, Merci cuidadosamente empieza a darle la vuelta a la casa para ver si hay más guardianes con Antonio, Luis, Mili y Linda de guardias en la entrada de la casa. Hay un silencio inquietante en los alrededores de la villa. Desde adentro se oye una ronca voz de alguien diciendo:

- ¡Tráela aquí, Héctor!

Lili, Sandro y Manuel con los nueve milímetros en sus manos, se acercan sigilosamente al origen de la voz y encuentran un hombre sentado en un enorme sofá reclinable mirando a un juego de fútbol en una enorme pantalla de televisión colgando de la pared. Vira su rostro hacia atrás, encuentra tres armas apuntadas hacia él, se deja caer al suelo y grita:

- ¡Héctor!

- Héctor no está en la casa, Lebrón - dice Lili -, levántese y ponga sus manos detrás de su cabeza.

- ¡¿Están locos?!, ¡¿No saben quién soy?!

- Sabemos y por eso estamos aquí, para que usted deje de hacer sus actos criminales.

Lebrón es un hombre de estatura mediana con un cuerpo mediano, rostro claro, pelo rizo marrón, y ojos pequeños castaños que casi cierra examinando sus alrededores y a las tres personas que le acechan. Vestido con pantalones cortos marrón y una camiseta blanca de tiras estrechas en los hombros.

- Ustedes no parecen asesinos, ¿qué quieren?, ¿cuánto les están pagando? Tengo una gran cantidad de dinero, les puedo dar mucho más de lo que les están pagando para que se olviden de esto y se vayan, ¿qué dicen?

- ¿Cuánto dinero nos puede dar? - le pregunta Lili.

- No sé - dice Lebrón calculando la situación.

- A nosotros nos pagan dos millones de dólares, ¿cuánto nos da usted?

- ¡Les doy cuatro millones!

- ¡Enséñenos el dinero! - dice Lili.

- No lo tengo aquí.

- Entonces no hay trato, ¡prepárese a morir!

- ¡No, esperen! ¡Diablos! En mi caja fuerte tengo el dinero... esperen aquí y lo voy a traer.

- No creo., ¡vamos juntos!, y recuerde que tenemos tres pistolas apuntándole, al menor movimiento sospechoso, le disparamos - dice Lili.

Entran Antonio y Merci trayendo unas bolsas.

- Estamos solos en la villa - dice Antonio.

- Muévase despacio Lebrón - dice Lili -, ya oyó que estamos solos.

Salen de la sala y entran a un cuarto de oficina con muebles de caoba y las paredes cubiertas de libreros llenos de libros. En el gran escritorio formal, Lebrón aprieta un botón y se mueve un librero hacia el frente y después gira hacia la izquierda para descubrir una caja fuerte de un metro por dos metros de altura.

- Tenemos trato, ¿no?

- Enséñenos el dinero y entonces hablamos, ¡abra la caja solo un poco y sepárese de ella!

Cuando obedece Lebrón, Antonio se acerca y abre la caja de par en par. Dentro se pueden ver paquetes de dinero completamente llenando la caja excepto por un pequeño espacio con dos libretas y papeles.

- ¡Saque los cuatro millones y pónganlos en esta bolsa! - dice Antonio.

Cuando termina, le dice:

- Muy bien, regresemos a la sala.

Y cuando Lebrón va a cerrar la caja, le dice:

- Déjela abierta, vamos a ver esos papeles.

- ¡Ese no era el trato! - dice Lebrón.

- El trato es ese ahora, a menos que quieras cambiarlo por algunas balas en tu cabeza - dice Lili.

De vuelta en la sala, lo sientan en su silla y le dicen que lo van a adormecer para que no interrumpa sus actividades. Cuando accede, Merci le inyecta la primera dosis. Sandro y Manuel traen a Héctor a la sala y lo sientan en otra silla reclinable. Cuando Lebrón está totalmente inconsciente, Merci les inyecta una dosis fatal de heroína a él y a Héctor. Mientras tanto, Mili y Linda se la pasan llenando bolsas de dinero y llevándolas la Van, lo mismo que dos laptops que encontraron en la oficina. Antonio y Luis van a la casilla y ponen al guardián en una bolsa de cadáver y hacen lo mismo con el otro guardia, que resulta ser Mecano, al que Merci adormeció con un dardo. Luego los llevan a la sala donde los sientan en un ancho sofá. Allí, Merci les inyecta la heroína y, mientras lo hace, se recuerda a sí misma del gran número de mujeres y niños que está salvando a cambio de cuatro personas que no merecen vivir. Aun así, se le hace difícil porque su entrenamiento es de salvar vidas, no de terminarlas. Con el último dinero llevado a la Van, con los papeles, las laptops, y las libretas encontradas, recogen las bolsas de cadáveres y examinan con cuidado los alrededores para asegurarse que no han dejado huellas de su presencia. Dos sofás reclinables y otro alargado, todos de cuero; cuatro hombres recostados y muertos. Merci se asegura de esto.

- ¿Ya es hora? - dice Antonio.

- Sí, ¡vámonos!

Camino al aeropuerto llaman al piloto quien les dice que los estará esperando en el avión. Al llegar, el piloto les dice que deben llevar lo sacado de la villa a un hangar en el aeropuerto de Punta Arenas. De regreso a Punta Arenas, llevan las bolsas de dinero, las laptops, las libretas, y los papeles al hangar identificado por el piloto del avión. La limusina los lleva al hotel, se van a sus habitaciones, y duermen para despertarse al medio día siguiente cuando se reúnen para desayunar en el restaurant del hotel todavía taciturnos por lo ocurrido la noche anterior y allí los encuentra Miguel quien les dice:

- Buenos días, los veo tristes y preocupados. Creo entender un poco, pero deben saber que le han hecho un gran servicio a la humanidad. Con las libretas y las tres laptops encontramos suficiente información para liberar cientos de mujeres y niños y, al mismo tiempo, capturar cientos de criminales trabajando una red de prostitución que cubre doce países de Centro y Sur América. Una redada en la villa encontró escondites donde recuperamos otros cuatrocientos millones de dólares. Ustedes trajeron el equivalente de ciento treinta millones de dólares, entre los cuales había alrededor de diez millones en dólares americanos que, por alguna razón, no fueron detallados en el reporte oficial y que se encuentran en esta bolsa que les dejo ahora. Les voy a estar eternamente agradecido por el sacrificio que hicieron anoche. Espero que podamos establecer una amistad imperecedera. Si quieren quedarse aquí unos días, será un placer tenerlos. Si en cambio quieren irse, en cualquier momento pueden zarpar en La Esperanza. Los dejo porque tengo todavía unos asuntos que atender en Santiago. Disfruten su desayuno.

Solo unas manos diciendo adiós despiden a Miguel. De pronto Lili dice:

- Oigan, si van a seguir así de taciturnos, me voy a buscar otro grupo de amigos, ¡lo pasado, pasado! Tenemos toda una vida por delante así que cerremos este capítulo y sigamos adelante. Ahora tenemos un sinfín de oportunidades. Ponemos el dinero en una cuenta a nombre de una corporación en Suiza, Panamá o en las Islas Caimán. Nos tomamos unas vacaciones de dos o tres meses, pero ¿para qué? En La Esperanza estamos haciendo lo que nos gusta hacer. Podemos ir a Venezuela y traer a nuestros padres venezolanos, y quién dice que no podemos traer los que podamos traer de los padres puertorriqueños, mexicanos y cubanos. Podríamos tener una gran reunión familiar y llegar a tener un puerto donde todos podríamos disfrutar de vivir de lo que nos gusta: el mar, ¿quién se anota?

- Hace mucho tiempo que no veo a mis padres - dice Antonio.

- Yo también, Antonio, sería muy bonito verlos - dice Luis.

- Pues no sé si todavía están en Mocambo.

- Los míos siguen en esa gran ciudad cubana: Miami, ¡verdad que sería bueno verlos!

- ¿Qué tal si hacemos planes para encontrarnos en Panamá en treinta y cinco días? - dice Antonio. A un promedio de ocho nudos por hora nos tomaría como veinticinco días y si le añadimos tiempo para paradas y contratiempos, creo que treinta y cinco es razonable. Les mandamos boletos de avión y les reservamos cuartos en un hotel y ya.

- Nuestros padres pueden llegar en el catamarán y la lancha. De Maracaibo a Ciudad de Panamá es poca la distancia - dice Mili -, de todos modos, estaríamos preparados para cualquier decisión que tomemos: Panamá, Costa Rica, Miami...

- ¿Qué esperamos? Linda, prepara un estimado de los víveres para comprarlos. Luis, determina dónde compramos el diésel para el motor y trabaja con Manuel para asegurarnos que las velas estén en buen estado. Mili, trabaja con Sandro para verificar que los sistemas están sin problemas. Merci, compra todo lo que necesites para tus servicios médicos y, ya que estamos en tierra, completa un examen físico para cada uno de nosotros. Lili, determina dónde es el mejor sitio para guardar el dinero y cuál es el mejor puerto para nosotros - dice Antonio.

- Y tú, ¿qué vas a hacer? - pregunta Lili.

- Tengo una tarea importante. Voy a buscar una playa donde pueda tomar el sol refrescándome con pinas coladas.

- ¡Ven acá, descarado!

- Bromeaba, Lili. ¿no sabes de bromas? Yo estaré a la disposición de todos para ayudar a resolver cualquier problema que se presente, ¿alguna pregunta?

- Sí - dice Mili -, ¿cuándo vamos a partir?

- Cada uno tiene una tarea, no sé cuánto tiempo les tomará completarlas. Hagan un estimado y nos reunimos aquí en la noche para ver cuánto tiempo necesitamos permanecer en Punta Arenas, eso nos dará un estimado del día y hora de partida. Oigan, voy a llamar para ver cómo está Barranca y les dejo saber.

Barranca está suficientemente bien para darlo de alta, pero el hospital quiere que se quede un par de días más como precaución. Lo ven cuando se hacen los exámenes médicos, permitidos en el hospital militar gracias a la intervención de Miguel, y pasan un rato alegre con él y Doña Blanca. Con las tareas cumplidas y los suministros en el barco, llega la hora de partir. El plan es regresar por donde vinieron, alrededor de unas cuatro mil millas desde Punta Arenas a Panamá. Deberían poder llegar en veintiún días si no tuvieran que parar para reabastecer el barco y sin contratiempos, pero Lili está negociando con Ecuador tratando de conseguir permiso para parar en las Islas Galápagos, y esto les añadiría dos o quizás tres semanas al viaje.

Capítulo 19 - Velero A La Deriva

Pero no es lo mismo un bote que un velero. ¿Cómo ignorar un velero de veinte metros a la deriva? ¿Cómo encontrar tantas cosas en un espacio tan inmenso como el Océano Pacifico? ¿Cuántas agujas van a encontrar en este pajar? Luis llama a Antonio y le dice:

- Antonio, hay un velero de veinte metros a estribor con las velas destrozadas. No se ve vida en él, ¿lo ignoramos?

- Ya no, ¿por qué me lo dijiste? Vamos a ver de qué se trata. Manda a Manuel con la lancha y trae el barco al viento, ahora subo.

- ¿Qué es? - Pregunta Lili.

- Un condenado velero con las velas rotas que apareció a estribor, voy a ver qué pasa.

- ¡Ay no!

- ¡Dímelo a mí!

Cuando llega a la Sala de Control, Luis le dice:

- Ya Manuel va de camino al velero, no había forma de ignorar un velero grande, ahí al frente, ¿qué iba a hacer, Antonio?

- Sí, hiciste bien.

Manuel llega al velero y nadie contesta sus llamadas. Sube al velero y encuentra una mujer sin sentido en un camarote. Reporta a Antonio quién, a su vez, reporta la situación a Merci. Momentos después, Merci llega a la Sala de Control y llama a Manuel.

- ¿Está viva o muerta?

- Se le nota un pulso débil, Merci.

- Hay que traerla a La Esperanza.

- Yo solo no me atrevo a ponerla en la lancha.

Antonio le dice:

- Ya sabes la rutina, amarra una línea al velero, ¿cómo se llama el condenado velero?... llevas la línea a la lancha para que nos la tires cuando nos acerquemos.

Con el velero El Encuentro, amarrado al lado de La Esperanza, suben a la mujer a bordo y la llevan a la enfermería. Manuel encuentra una cartera con la identificación de la mujer y la entrega a Antonio y se la pasa a Lili quien baja a ver cómo le va a Merci en la enfermería. Antonio ordena amarrar el velero a la popa de La Esperanza y continuar el viaje ahora mucho más lento con el peso del velero.

- ¡Carajo!, con todas estas distracciones es posible que no lleguemos a Las Galápagos nunca - dice Antonio a nadie en particular. - Manuel, mira a ver si puedes arreglar las velas del El Encuentro para que no tengamos que halarlo, quizás Luis te puede ayudar.

- Está deshidratada, ¡quién sabe cuándo fue la última vez que comió! Le estoy poniendo suero a ver cuándo se recupera. ¿Quién es?, ¿averiguaste?

- De acuerdo a la licencia de conducir en su cartera, se llama Lucy Cruz y es de Los Ángeles, California, ¿qué hace aquí? - le responde Lili.

- No hay forma de saber. Esperemos que se recupere y le preguntamos.

Dos días a paso de tortuga pasan hasta que se despierta Lucy y les cuenta a Merci y a Lili su odisea. Un GPS que deja de trabajar bien, una tormenta destroza las velas, semanas más de las que planeó de viaje y ya sin agua, sin radio y a la deriva.

- Planeé un viaje de Hawái a Los Ángeles estimando a lo sumo tres semanas, pero llevando provisiones para seis semanas me sentí segura de cualquier consecuencia inesperada. No contaba con estar miles de millas fuera de curso. Al celular se le acabó la batería y no tenía con qué cargarlo. El radio dejó de trabajar porque la tormenta rompió la fuente de energía solar, pero ya el condenado GPS me había sacado de rumbo, ¿qué más pudo haber pasado?

- ¡Diantres! - dice Lili -, ¡de milagro estás viva!, ¿cómo te sientes?

- Bien, pero con hambre.

- Seguro, ¿puedes caminar? - pregunta Lili.

- Creo, ¿me ayudan?

Suben al fogón donde le presentan a Linda y le dicen que tiene hambre. Ella le prepara algo de comer. Luego suben a la Sala de Control y ven a El Encuentro a cincuenta metros a babor a todo viento siguiendo a La Esperanza, y Lucy dice:

- ¿Verdad que es hermoso el velero?, me enamoré de él en Hilo y no pude resistir hacer el viaje, ¡qué pena que no le pedí a un ingeniero naval que lo inspeccionara antes de zarpar!, ¿quién le arregló las velas?

- Fueron Manuel y Luis; es un arreglo temporero. Manuel y Mili lo están piloteando. Sí, se ve muy bonito, pero ya aprendiste que bonito no es suficiente para ir mar adentro. De aquí a tres semanas llegamos a Las Galápagos, y allí completas su arreglo, ¿vas a querer seguir con él hasta Los Ángeles de allí, o has tenido suficiente de navegar en él a mar abierto?

- No sé, todavía tengo escozor. Pregúntame de aquí a unos días. Es grande para navegarlo una persona sola, pero ya sabes cómo piensa alguna gente: 'Barco grande ande o no ande', ¡qué bruta!, ¡qué pena que no lo pensé antes de zarpar!

- ¿Qué haces en Los Ángeles? - pregunta Merci ignorando lo obvio.

- Tengo un negocio de proveer ropa de trabajo, y manteles y servilletas de tela a restaurantes. Es un poco aburrido, pero paga las cuentas y casi se maneja solo. Eso me recuerda, debo comunicarme con ellos para ver cómo anda todo. Me esperaban hace una semana.

- Pues ahí tienes el internet para que le envíes mensajes y recibas los que te han mandado desde que chequeaste la última vez.

Regresa Lucy a hablar con Merci y Lili y les dice:

- Como si no hubiera faltado. Si me voy por meses, nada pasa con mi hermana Clara manejando el negocio. ¿Qué me recomiendan para seguir el viaje a Los Ángeles?

- Quizás alquilas un par de marineros para que te ayuden - dice Merci.

- Le pones velas nuevas y compras velas de tormenta por si algo pasa - dice Lili.

- Me parece bien, ¿creen que aquellos que están en El Encuentro ahora quieran ir?

- No creo - dice Lili -, aunque les puedes preguntar. Mejor será que encuentres a los marineros en Las Galápagos. Si te comunicas ahora por internet con el capitán del puerto de San Cristóbal quizás te pueda dar recomendaciones.

- Quizás me sentiría mejor con dos mujeres.

- Pues le dices lo que quieres a ver qué te encuentra - dice Merci.

- Lucy - dice Lili -, ¿te gusta cantar? Esta noche tenemos karaoke.

- Ay, me encanta.

Otra noche de karaoke en el camino a Las Galápagos. Lucy canta:

- *No renunciare a esa paz que tú me das día tras día a cambiar mis penas por tus alegrías... No renunciare Ni a tus ojos ni a tus brazos ni a tu boca ni a tu risa ni a tu loco proceder ni a tus besos con los que me vuelvo loca...*

Y trae la casa abajo con los aplausos que recibe. Linda canta:

- *Como yo te amo, como yo te amo, convéncete, nadie te amará... Nadie porque yo te amo con la fuerza de los mares yo te amo con el ímpetu del viento yo te amo en la distancia y en el tiempo yo te amo con mi alma y con mi carne yo...*

Y queda Sandro paralizado mirándola cantar y no sabe si está más enamorado de su rostro, de su voz, o de su forma de ser. Sandro finalmente dice:

- Lili te toca, ¿lista?

Y ella canta:

- *Mira como ando mi bien por tu querer, borracha y apasionada no más por tu amor... Tú, solo tú, eres causa de todo mi llanto, de mi desencanto y desesperación...*

Continúan cantando, parece que se enamoran todavía más con cada canción, y no deciden si quieren seguir escuchando más para disfrutar las canciones, o si quieren retirarse para disfrutarse en la privacidad de los camarotes. Por cortesía se quedan para no dejar a Lucy sola, pero con la excusa del trabajo del próximo día, Antonio termina el karaoke a las dos de la madrugada con Luis de guardia.

"No es justo que yo no sea parte de esto. Yo sola y sin pareja, y ellos disfrutando tanto. Lo que quisiera es explotar el barco, vaya, si no me incluyen a mí, ¿cómo será que se hacen las bombas? ¡Tonta! no seas zonza. Cuando llegues a tierra te consigues dos marineros jóvenes y guapos y a salir para Los Ángeles. Ellas solo tienen un tipo cada una, ¡yo voy a tener dos! ¡A dormir se ha dicho! Voy a tener que gastar muchas energías en mi viaje," piensa Lucy a la luz de la madrugada.

Capítulo 20 - La Parada En Valparaíso

"Extraño - pensaba Antonio-, cómo lo que vimos en una dirección cambia cuando lo vemos desde la dirección opuesta. Cómo el cambio de perspectiva muestra las cosas diferentes. Pero, pensándolo bien, no es tan extraño. Es como cuando sinceramente examinamos ideas desde el punto de vista de otras personas. Las podemos ver diferentes, y hasta nuestra propia visión de ellas puede cambiar... ¡otra vez divagando! Ya nos acercamos a Valparaíso. Tanto ha pasado. Todo ha cambiado en tan poco tiempo. Parece que toda una vida hemos tenido en menos de unos meses. ¡Y qué vida! ¡Gracias a la vida! Los milagros no cesan, como esta mañana, salió el sol y Lili todavía está conmigo, ¡Gracias! Bueno, ¡a trabajar! Levántate holgazán, tenemos que planear el trabajo mejor para que las parejas puedan pasar más tiempo juntas, ¿quién dijo que tenía que irme a trabajar cuando me podía quedar con Lili? En la reunión arreglamos esto de una manera u otra."

- Lili, despierta cariño, ¿vas a la reunión?

- Ay no, y tú tampoco. Ven y acuéstate otra vez.

- Mi amor, sabes que es una regla del barco.

- ¿Y quién fue el bruto que creó esta regla?

- No me mires a mí así, fue el capitán - dice Antonio alejándose rápidamente hacia la puerta.

- Mejor es que no me dejes que te agarre, ¡descarado! ¡Vete que ya voy!

Después de un rato, llegan todos menos Lili a la reunión y se oyen coros de buenos días. Lucy llega curiosa del evento.

- Amigos, si me permiten tengo una sugerencia. Me gustaría que todos pasemos más tiempo con nuestras parejas. Así que sugiero que tiremos a los que prepararon este plan de trabajo por la borda ahora.

- Antonio, fuimos Lili y yo - dice Luis -, y ahí llega Lili. Creo que no debes repetir eso.

- ¿Que no repita qué? - dice Lili.

- Que tiremos a los que prepararon el plan de trabajo por la borda - dice Sandro.

- Y, ¿por qué?

- Porque mantiene separadas a las parejas demasiado - dice Mili.

- Y, ¿no sería mejor que cambiemos el plan sin tirar a nadie por la borda? - dice Merci.

- Ven aquí, sinvergüenza, ¿crees que me puedes tirar por la borda?, ¿quién te va a ayudar? - dice Lili.

- No sabía que eras tú, amor.

- Sí que lo sabías, ahora que te tengo, ¿qué vas a hacer?

- Darte un beso y un abrazo, ¡así!

- Bueno, eso está mucho mejor, pero es cierto, ¿qué les parece si trabajamos juntos para arreglar esto? La vida es corta, vamos a disfrutarla mejor si la pasamos juntos.

- Pues el día es de veinticuatro horas, no podemos cambiar eso a menos que hagamos guardia de ocho horas, no podemos pasarla siempre juntos y, ¿quién quiere hacer guardia de ocho horas? La verdad que seis horas es mucho ya - dice Luis.

- Tienes razón, Luis - dice Antonio. Linda pasa mucho tiempo trabajando en el fogón, no podemos pedirle que haga guardia también, ¿qué les parece si contratamos a otra gente para disminuir el tiempo que pasamos trabajando?

- No está mal, pero estaríamos introduciendo extraños en el barco. No me gusta mucho eso - dice Merci.

- Sí, me alegro que seas tú la que haga el comentario porque tú vas a decidir si lo hacemos o no - dice Antonio.

- ¿Yo?

- Sí. Anoche, cuando estaba de guardia, recibí una llamada de una pareja. Me preguntaron si podíamos ir a recogerlos en Valparaíso - dice Antonio.

- ¿Quiénes son? - pregunta Mili.

- No los conozco, pero me dijeron que eran los padres de Merci, Cesar y Adriana.

- ¿De veras?, ¿no estás jugando? - dice Merci.

- No. Por eso me tomé la libertad de cambiar rumbo a Valparaíso anoche. Debemos llegar de tres a cuatro horas - dice Antonio.

- Eres un bandido, Antonio. No nos dijiste nada - dice Lili.

- Preferí decirlo esta mañana. Anoche, todos estaban durmiendo, así que solo se lo dije a Luis que me relevó y a Manuel y Mili en El Encuentro. Qué dices Merci, ¿los ponemos a trabajar?

- ¡Seguro!, ellos estarán encantados. Gracias, Antonio - dice Merci abrazándolo -, les había contado detalles del barco y de la tripulación, y que íbamos a Las Galápagos y se pusieron bien contentos porque siempre han querido ir. Me dijeron que han estado en contacto con todos los padres. ¡Qué lindos! Los adoro.

- Oye, me alegro que Merci tenga a sus padres con nosotros, pero ¿qué pasa con los otros? - dice Mili -, estoy bien celosa.

- Entiendo - dice Antonio -, ya se te pasará. Vamos a ver a todos los padres cuando lleguemos a Panamá. Pero, ¿cómo han encontrado a los padres de nosotros? Yo ni sé la dirección ni si todavía tienen el mismo teléfono.

- Es que como Lili les dijo, nuestros padres siempre están en el internet, y están acostumbrados a hacer búsquedas por Facebook y otros medios. No me extraña que los localizaran. Son determinados - dice Merci.

- Bueno, ya - dice Antonio -, tenemos que trabajar si queremos llegar a Valparaíso.

- Lucy, sería bueno que te comuniques con el Capitán de Puerto de Valparaíso para que hagas tus arreglos para El Encuentro - dice Antonio -, Lili, ¿la ayudas?

- ¡Seguro!

"No hay forma de hacer que el tiempo vuele - piensa Merci -, cuando queremos llegar más rápido es cuando parece que el tiempo no corre, se estanca, y se para. ¡Demonios! No hay nada que hacer sino esperar, y esperar."

Pero eventualmente llegan a Valparaíso y anclan en el muelle donde los dirigieron cuando llamaron a pedir permiso para anclar. Lucy se despide de todos dándoles efusivas gracias nuevamente, y se dirige a las oficinas del puerto. Llaman a Cesar, el padre de Merci, y reciben un mensaje en el teléfono que les pide encontrarlos en el Hotel Casa Higueras. Llegan al suntuoso hotel y preguntan por los González y los dirigen a la terraza abierta con vista al mar donde no encuentran a nadie. Confusos deciden sentarse a esperar pensando que llegarían tarde o temprano. Tranquilos y relajados, pasan unos minutos conversando cuando de pronto oyen:

- ¡Sorpresa!

Giran hacia la entrada de la terraza, aún sentados, y ven un montón de gente que se dirige hacia ellos. Un coro no sincronizado de '¡Mami!', '¡Papi!', se oye cuando todos los sentados se levantan y se apresuran a abrazar y besar a los que llegan de sorpresa.

- ¡Imposible! - dice Antonio.

- Bueno - dice Cesar, el padre de Merci -, me han pedido que les explique. Luego que localizamos a todos, estuvimos conversando y decidimos que nos gustaría acompañarlos en el viaje a las Galápagos y coordinamos para llegar aquí y encontrarlos. Esperamos que no les sea inconveniente a nadie.

- ¡No, no, no! - dice Antonio -, tenemos suficientes camarotes vacíos y podemos suministrar el barco aquí sin dificultad. Creo que hablo por todos cuando digo que es un enorme placer lo que nos brindan, ¡ay qué lindos mis padres! - dice con su padre a su derecha y su madre a su izquierda abrazados en un triángulo de amor similar a otros siete en la terraza. ¡Todos ustedes son maravillosos! Vamos a ordenar el almuerzo y tomamos unos tragos, ¡vamos a celebrar! ¡que viva la vida!

Capítulo 21 - A las Galápagos

Los padres venezolanos, más o menos adeptos a pilotear, aprenden rápido los detalles del barco y pronto las guardias se reducen a cuatro horas por día con una pareja diferente con día libre cada día y Linda y Sandro libres para preparar manjares cuando no se los impiden algunos de los padres de los marineros. Comida puertorriqueña, cubana, mexicana, y puertorriqueña otra vez les dan días libres a Linda y a Sandro. Nadie se queja. De Valparaíso a las Galápagos son aproximadamente dos mil millas.

A un promedio de seis nudos, el viaje es de alrededor de catorce días, sin prisa. Los padres de los marineros se turnan para acompañar a los que están de guardia y el trabajo es más bien una visita social que otra cosa, pero algunos van aprendiendo también. Ya no están, como estuvieron hasta Valparaíso, más o menos siguiendo la costa de Chile, ahora van al noroeste, y pareciera que van hacia mar abierto, pero la costa de Sudamérica, cuando se llega a Perú desde el sur, también se alarga hacia el noroeste haciendo que la línea directa de Valparaíso a las Galápagos está como de quinientas a seiscientas millas de la costa la mayor parte del tiempo, y de las Galápagos a Panamá no está mucho más lejos de esas quinientas a seiscientas millas. Todo esto es irrelevante para la tripulación porque lo que es importante es la oportunidad de compartir con la familia y entre sí. Así que los días pasan alegres y entretenidos.

En la popa, Germán y Damián, los padres de Antonio y Luis, respectivamente, se sientan a conversar mientras admiran el mar abierto y espían las cañas de pesca. Tres días sin suerte hasta que un carrete empieza a correr y corren los dos hacia el carrete. Damián llega primero y agarra la caña para trancar el carrete y darle un buen jalón. Comienza a darle vuelta al carrete y halar la caña. Después de un par de horas, dice:

- Germán, esto no es un pez. Es una ballena. Toma la caña y dale tú un rato.

Linda los encuentra en la tarea y llama a Luis y a Antonio los que no tardan en llegar con el garfio.

- Papá, ¿te puedo ayudar? - dice Antonio.

- No, este pez es de Damián y mío.

Con ellos dos turnándose, al cabo de seis horas, pueden ver el pez rompiendo la superficie. Es un enorme marlín azul.

- ¡Fotos por favor! - dice Germán.

Linda trae su cámara y toma varias fotos del marlín.

- Papá - dice Luis -, ¿lo van a traer al barco? Tendríamos que atarlo a la grúa de una manera u otra.

Damián mira hacia Germán, se comunican con los ojos y un leve movimiento horizontal de la cabeza, y dice:

-No, es suficiente que lo trajimos hasta aquí y le tomamos fotos, ¿le puedes sacar el anzuelo, Luis?

Sin anzuelo y a lado unos minutos para ayudarlo a recuperarse, sueltan al marlín, y este se aleja poco a poco de La Esperanza. Y así forjan una gran amistad Damián y Germán.

Capítulo 22 - El Bote A La Deriva

Después de un par de días navegando desde Valparaíso hacia las Galápagos con Carlos y Lillian, los padres de Linda, en guardia, Lillian divisa lo que parece ser un bote en la lejanía a estribor y le dice señalando a Carlos:

- ¿No te parece eso un bote a estribor?

- No veo, busca los anteojos.

- Aquí están. Sí, es un bote. Parece que tiene una persona adentro.

- Pues llama a Antonio para que diga lo que debemos hacer.

- Antonio, es Lillian, vemos a un bote a estribor como a doscientos metros; parece que hay una persona dentro, no se está moviendo, ¿qué hacemos?

- Hay que detenerse para ver qué pasa. Traigan el barco al viento y llamen a los que estén despiertos a la cubierta. Ya voy.

En su camarote, Lili media despierta dice:

- ¿Qué pasa?

- Encontraron un bote y vamos a ver de qué se trata. Voy a la Sala de Control, ¿vienes o te quedas?

- Voy ahorita.

Antonio encuentra a Luis y a Manuel en el camino a la Sala de Control, y juntos llegan para examinar el bote. Antonio dice:

- ¡Está a la deriva! Luis, baja la lancha de motor y encamínate a buscarlo. Manuel, vete con él. Traigan el bote acá.

De camino de regreso, halando el bote, llega Lili y un contingente de personas curiosas, tantas que no caben en la Sala de Control y se arriman a la borda de estribor para ver la lancha halando a un bote de doce pies de madera. Pareciera que pudiera tener mástil y velas, pero viene sin velas desplegadas. Cuando llega, Manuel dice:

- Hay un hombre desmayado en el bote, ¿lo subimos al barco?

- Sí, llévalo a la enfermería para que Merci lo examine. Manuel, ata el bote a la popa. Luis, sube la lancha a bordo y vámonos.

El hombre está deshidratado. Descanso y líquidos lo traen en sí. Tan pronto despierta, y se siente con fuerzas, sube a la proa y comienza a hablar así:

- Aquellas personas no creyentes pensaron que moriría en mar abierto, es que no sabían que Dios está conmigo. Él es la salvación y la gloria del mundo. Todos tienen que obedecer y rendirse a su voluntad. Vengan todos a oír la palabra de Dios. Yo soy el escogido para decirles a todos la verdad, lo que tienen que creer y lo que les pasará a los que no escuchen.

Y dirigiéndose a los curiosos que llegaron a ver el espectáculo, les dice:

- ¡De rodillas, pecadores!, oremos a Dios para que les perdone todos sus pecados, ¡obedezcan!

Llega Antonio y le dice:

- No puede obligar a que alguien crea en lo que dice. Cada persona tiene el derecho de decidir lo que va a pensar y creer en este barco. Sus palabras no son bienvenidas.

Pero esto no detiene al hombre. Continúa con sus amonestaciones y sus sermones aun cuando se queda solo en la proa.

- ¿Qué hacemos, Antonio? Parece estar tocado - dice Lili.

- Más bien chiflado - dice Sandro.

- Sandro, cierra la puerta de la Sala de Control con cerrojo y no lo dejes entrar. Déjanos saber si hace algo peligroso - dice Antonio. A los demás les dice -: Vamos a la sala principal a discutir esto.

Llegan, se organizan, y Luis dice:

- ¿Qué tal si lo ponemos en el calabozo? Tú sabes que hay uno debajo del extremo de la popa, Antonio.

- Los calabozos se hicieron para criminales, y este hombre no es un criminal - dice Lili.

- Será cierto - dice Manuel -, pero nos va a volver locos a todos si sigue como está. No tenemos un manicomio en el barco.

- Pues volvamos a ponerlo en el bote donde vino y lo dejamos a la deriva - dice Sandro.

- Eso está en contra de la ley del mar, sería condenarlo a muerte - dice Lili.

- Y, ¿qué tal si lo ponemos en su bote y mantenemos el bote amarrado al barco?, de vez en cuando le podemos dar agua y comida. Pongámoslo a votación, ¿quién dice sí?

- ¿Y si se tira al mar cuando no le estemos viendo y se ahoga? - interviene Gustavo, el papá de Manuel.

- Pues le amarramos cada mano a cada lado del bote - ofrece Manuel.

- En esas condiciones, el estrés lo podría llevar a un ataque del corazón o a un derrame cerebral - dice Merci.

- Ese tipo nos va a dañar nuestras vidas. No debemos permitirlo. Echémosle por la borda, ¿quién lo va a saber?

- ¿Quién dijo eso?, no vamos a tirar a nadie por la borda. Merci, Lili y yo vamos a discutir esto en privado y les vamos a dar una recomendación, ¡váyanse!

En el camarote de Antonio, él dice:

- ¡Diablos! Sí me gustaría tirarlo por la borda o amarrarlo al bote, pero no se puede, es un ser humano. Todavía no ha empezado la sociedad moderna a matar a los locos, ¿qué hacemos, Lili?

- De verdad que podría dañarnos la vida este hombre, ya viste las cosas que dijeron en la reunión. No son las mismas personas con las cuales hemos convivido estos últimos meses, crueles e insensatos, pero los entiendo. Hasta ahora, todo ha sido bonito y ahora esto, ¿qué hacemos, Merci?

- Pretendemos vivir en un paraíso que solo permite cosas buenas. Tenemos que saber que la vida no es así. No estamos viviendo una realidad, pero no queremos abandonar esta ilusión, ¿qué podemos hacer para alargar el idilio, Lili?

- Encontramos a un bote con un hombre deshidratado a quinientas millas de la costa de Chile. Podemos llamar a la guardia costanera de Chile para que se lo lleven. No creo que haya que decirles que está loco. Quizás Merci lo puede calmar con alguna droga para que no actúe loco cuando lo vengan a buscar.

- Sí, podría hacer eso, pero, ¿qué va a ser de él cuando llegue a Chile? Lo estaríamos tirando a otro tipo de mar, el de la indiferencia, ¿a dónde irá a parar si hacemos eso? - dice Merci.

- ¡Diablos! - dice Antonio -, tienes razón, pero así es la vida, no la podemos cambiar. Los locos acaban en el manicomio, ¿qué otra cosa hay?

- ¿Has visto los manicomios de Chile? - dice Merci.

- No. No los quiero ver. Los que he visto en otras partes son deprimentes e inhumanos, y este loco volvería más locos a los locos - dice Lili.

- Bueno, por el momento, Merci, drógalo para que se calme y lo dejamos en una camilla en la enfermería. Dormimos y mañana quizás se nos aclare la mente. Vámonos.

A la mañana siguiente, Merci baja a ver al hombre y no lo encuentra. Llama a Antonio y suben a la Sala Principal donde llaman a todos para hacer una búsqueda. Nadie lo ha visto. Nadie lo encuentra. Nadie sabe nada, pero alguien reporta que el bote ya no está atado a la popa. Tras un silencio sepulcral, Sandro dice:

- ¿Qué tal si ya que estamos reunidos, hacemos karaoke?

Nadie hace un comentario, y el barco sigue su rumbo a las Galápagos.

Capítulo 23 - En Busca De Gente Cuerda

Se reúnen Lili, Merci y Antonio para discutir el hombre desaparecido. Dice Lili:

- Aquí no hay nada bueno que hacer, ¿a quién reportamos un incidente ocurrido en alta mar? El barco está registrado en Chile, pero si lo reportamos allá, para la investigación, tendríamos que regresar a Chile. No tenemos información del hombre. No tenemos el cuerpo del hombre. No sabemos qué pasó, ¿cómo podemos hacer un reporte de lo que no sabemos nada?

- De acuerdo, ¿y por qué poner en estrés y hasta en peligro a la tripulación por culpa de un loco que no conocemos? - dice Merci.

- Bueno - dice Antonio -, al menos vayamos a la enfermería a ver si vemos algo que nos diga lo que pasó. Quisiera que no continuemos preguntándonos quién pudo hacer esto.

Llegan a la enfermería y empiezan a buscar por todos lados. La sábana de la camilla no está. Merci dice:

- Ey, aquí encontré un papel. Miren. Dice: 'Malditos locos, mejor me voy en busca de gente cuerda', ¿qué quiere decir esto?

- Quizás nadie lo tiró. Quizás él se fue solo - dice Antonio -, eso vamos a creer.

Antonio llama al oficial de guardia y pide que se reúnan todos en la sala principal donde les dice:

- Hemos podido averiguar que nadie tiró al hombre al bote y lo soltó a la deriva. El hombre decidió abandonar el barco e irse por su cuenta en su bote. Así que no hay que sospechar que alguno de nosotros tiró al hombre al mar. Él se fue por su cuenta.

- ¡Qué bueno! ¿Cómo lo averiguaron? - pregunta Gustavo, el papá de Manuel.

- El hombre dejó una nota - dice Antonio. Después de esto, si alguien ve algo en el mar, no estaría demasiado mal que lo ignore, ¿de acuerdo?

Así terminó la experiencia del barco con el hombre sin nombre. A unas veinte millas hacia el sur, el hombre sin nombre, erguido en el medio del bote, con un palo de escoba en una mano, en el cual están atados dos extremos de una sábana verde, a la que agarra con la otra mano en los otros dos extremos, examina el horizonte. Los pocos vientos llenan la sábana casi tirando al hombre al suelo del bote, y mueven el bote poco a poco, quién sabe a dónde.

Capítulo 24 - Las Galápagos

Decir llegar a las Galápagos es impreciso. El Archipiélago de Galápagos por definición se trata de un grupo de islas. Las islas más grandes son trece, las medianas son seis, y los islotes cómodos ciento quince. Y, ¿quién decide lo que es grande, mediano o islote? Lo que importa es que, para llegar, hay que elegir una isla. La capital del Archipiélago, que es también provincia de Ecuador, es Puerto Baquerizo Moreno, en la Isla de San Cristóbal. Donde hay más actividad turística es en la Isla Santa Cruz, la isla más grande es la Isabela, pero si se va en barco privado, lo ideal es determinar qué es lo que la gente quiere ver y llegar a la isla que ofrece eso siempre y cuando esté permitido por las autoridades.

Lili consiguió permiso para visitar varias islas en La Esperanza con el proviso de que vaya en La Esperanza un guía oficial del gobierno al cual se debe obedecer en todo momento. Este permiso excepcional lo logró Lili haciendo una donación de diez mil dólares a la Estación Científica Charles Darwin e informándoles a las autoridades que en el grupo había una doctora con una maestría en biología marítima.

El guía se une a La Esperanza en Puerto Baquerizo Moreno donde muestran los pasaportes para entrar a Ecuador y pagan cien dólares por persona por la entrada a la reserva nacional. El costo del guía es de quinientos dólares diarios más su comida y su hospedaje, pero su presencia permite a La Esperanza ir a muchos de los mejores lugares para ver la flora y la fauna de las Galápagos: lobos marinos en San Cristóbal, tortugas gigantes en Santa Cruz, e iguanas de color claro en Santa Fe, son solo tres de innumerables oportunidades de admirar las Galápagos.

Desde luego, para ver la fauna marina, no hay como nadar sobre el agua con un tubo esnórquel para respirar o bucear bajo el agua en muchos lugares de las islas. Los animales no le tienen miedo a la gente, y eso permite que la gente se les acerque para admirarlos o para tomar fotografías. No está claro quiénes son más curiosos: los animales o la gente. La isla San Cristóbal es también llamada Isla de Lobos por su gran aglomeración de focas peleteras a quienes llaman lobos marinos en la isla. Como no le tienen temor a la gente, todos en el grupo se le acercan y le toman fotos o simplemente los admiran fuera y dentro del agua en los llanos de la playa.

Merci alquila un traje de bucear de ocho milímetros y un equipo de buceo de doble tanque, y entra en las aguas del león dormido en las afueras de San Cristóbal con su cámara a prueba de agua. En las aguas claras toma fotos de tiburones martillos enormes, tortugas marinas, manta rayas gigantes, punta rayas, e innumerables otros peces que se le acercan y le pasan por su lado. Sobre el agua, con tubo esnórquel, Luis sigue sus movimientos cuidadosamente.

En la Isla Santa Cruz se encuentran con una tortuga gigante que se detiene a mirarlos curiosamente elevando su largo cuello hacia ellos. Marisela, la mamá de Mili, se le acerca a unos pasos, se enangosta ante la tortuga, se queda así unos minutos, y parece que se comunican telepáticamente. Luego Marisela les dice que la tortuga le dijo que copiaron su cara para crear la imagen de ET en la película de ese nombre y no le pagaron los descarados, y todos lo disfrutan a carcajadas. Las aves marinas se roban la atención de los visitantes, pero hay un buen número de aves tierra adentro que son también interesantes.

En el mar, los visitantes de La Esperanza, ven piqueros de patas azules y sus parientes de patas rojas, pingüinos, fragatas, pelicanos, y el pájaro tropical de pico rojo, entre otras. En las costas se ven flamencos, garzas, albatros, pollas de agua, y otras. Tierra adentro, ven cormoranes, busardos ratoneros (un ave rapaz), golondrinas, y pinzones. Tantas aves llenan el paisaje que es difícil mirar en alguna dirección sin poder ver aves. En la última noche, anclados en Puerto Baquerizo Moreno, tienen un karaoke en que Manuel le canta a Mili:

Quiero hablar contigo como un amigo, decirte todas mis cosas como a una esposa... quiero que seas para mí, mi amiga, mi esposa y mi amante...

Aplausos efusivos siguen a cada canción. Merci le canta a Luis.

Por si hay una pregunta en el aire, por si hay alguna duda sobre mí... hoy quiero confesar, hoy quiero confesar que estoy enamorada...

Sandro le canta a Linda:

Perfume de gardenias tiene tu boca bellísimos destellos de luz en tu mirar... perfume de gardenias tiene tu boca, perfume del amor...

Antonio le canta a Lili:

Quiero cantarte mujer mi más bonita canción porque eres tú mi querer reina de mi corazón... ya todo el corazón te lo entregué, eres mi fe, eres mi dios, eres mi amor...

- ¡Fenómeno, amor! - dice Lili e interrumpe el karaoke en su afán de llegar a Antonio desde la cocina.

Luis aprovecha el momento para decir:

- Ey, ¿qué pasó con nuestras reuniones de diez minutos en la mañana? A mí me gustaba el intercambio de ideas y el verlos a todos temprano en la mañana.

- De acuerdo - dice Mili -, pero antes éramos ocho y ahora somos veinticuatro, no cabemos en la sala de control.

- Así es - dice Linda - ¿pero no podríamos hacerlo aquí?

- Pero los que están de guardia no pueden participar - dice Manuel.

- No necesariamente. Yo podría crear un sistema de sonido para que la persona o las personas que estén de guardia puedan escuchar la conversación – dice Sandro.

- Pero, ¿lo podrás hacer para que también puedan hablar? - dice Pedro, el papá de Mili.

- Creo que sí, pero tengo que trabajar un rato diseñándolo - dice Sandro.

- Me parece una gran idea - dice Antonio -, ¡hazlo!

- Bueno, ya que todos estamos aquí, ¿por qué no seguimos rumbo al Mediterráneo después que pasemos el canal de Panamá? - dice Merci.

- Ay, ¡qué idea fenomenal! - dice Marisela, la mamá de Mili.

- ¡Sí, sí, sí! - dice Mili.

- Me parece bien. Después lo discutimos en detalle - dice Antonio.

- Otra cosa - dice Merci -, empezamos incluyendo a todos en las decisiones y era fácil porque éramos pocos. Me gustaría continuar con eso, pero necesitamos un plan para que no nos tome días para llegar a una decisión simple, y tengo una propuesta, ¿qué tal si llegamos a tener que decidir si o no en algo y lo hacemos por votación simple?, como en los tiempos de las luchas romanas: dedo arriba sí o dedo abajo no. Contamos los dedos arriba solamente y la mayoría gana.

- Y, ¿qué pito toca el capitán? - dice Lili -, ¿qué dices, Antonio?

- Está bien siempre y cuando yo pueda decidir lo contrario cuando lo vea necesario por alguna razón importante la cual les explicaría, ¿de acuerdo?

Cuando nadie se queja, Sandro dice:

- Bueno basta ya de interrupciones, volvamos a lo importante, ¿a quién le toca cantar?

Y sigue el karaoke.

¡Qué noche! Todos cantan dándoles placer a los que escuchan bajo un cielo de estrellas y una luna coqueta que escuchando los cantos ilumina la noche con luz de oropel.

www.ingramcontent.com/pod-product-compliance
Lightning Source LLC
LaVergne TN
LVHW050318160826
845677LV00014B/3462

* 9 7 9 8 3 6 3 2 6 2 5 0 0 *